EL PARQUE

DE LOS SUEÑOS

EL PARQUE
DE LOS SUEÑOS

Maria Martha Calvo

To order additional copies of this book, contact:
Xlibris Corporation
1-888-795-4274
www.Xlibris.com
Orders@Xlibris.com
132639

Contents

TERCERA PARTE

A mis seis nietos:
Daniel, Denisse, Renzo, Lani Marie, Nicole y Diego,
con todo mi amor.

AGRADECIMIENTO

Nuevamente gracias a mi esposo, José Luis, por su inquebrantable aliento, las incontables conversaciones evocando los acontecimientos y su ayuda en la edición de mi novela.

Mi reconocimiento a los pobladores originales del distrito "El Rosario", en la provincia de Huaral, los señores Champa, Nishimoto, Vadillo y Cárdenas y a la comunidad entera hombres, mujeres y niños que participaron en la forja del Parque de los Sueños, una experiencia que enriqueció nuestras vidas y que además me proporcionó la inspiración para escribir esta historia.

PRÓLOGO

En ese momento no lo sabía pero el expreso de la ruta Lima-Chimbote que me dejó a la mitad del camino en un punto de la carretera que ahora intento —sin conseguirlo—ubicar en mi memoria, no solo me había transportado de un punto a otro. En un par de horas, también había dividido mi existencia en dos: el «antes» que ya conocía bien y el «después» todavía por conocer. Me parece que a ese desconocimiento de lo que ocurriría se debe que el recuerdo del momento de mi llegada al lugar que cambiaría mi vida para siempre, sea tan vago. Ni siquiera sé si ocurrió como lo estoy relatando, puede que lo soñara…

El radiante sol del mediodía, al reverberar sobre la deslumbrante, abrumadora inmensidad del desierto me cegaba. Se extendía delante de mí como un gigantesco abanico de luz y sin embargo, pese a la claridad reinante, no me era posible distinguir más allá del punto donde terminaba mi sombra.

¿Qué había venido a buscar en este arenal hostil y amenazante? Entre la sed y el calor empezaba a sufrir alucinaciones, los espejismos se multiplicaban y una angustia, que se parecía mucho a las pesadillas que poblaban las noches de mi niñez, comenzó a invadirme.

Inexplicablemente, en el fondo de mi inconsciente de alguna forma sabía que estaba durmiendo y también que al abrir los ojos el peligro desaparecería, pero mis párpados pegados con lágrimas secas se negaban a separarse. Después de varios intentos, cuando la tensión se había acumulado tanto que un alarido de terror estaba a punto de salir de mi garganta, venía el final feliz: descubría que si extendía los brazos y agitaba las piernas como nadando, podía despegar el vuelo. A veces me perseguía una gitana, —en ese tiempo se le daba muy poca importancia a la sicología infantil y mis padres, cuando me portaba mal, me amenazaban con venderme a las gitanas para que me llevaran a trabajar al circo—; a veces era un animal furioso y babeante el que me acosaba, otras, me encontraba en medio de un terremoto y por más que quería correr las piernas no me obedecían; de vez en cuando la pesadilla variaba y entonces una ola gigante se me venía encima y cuando estaba debajo de ella, muy cerca de ahogarme, descubría que podía respirar y los latidos de mi corazón, suspendidos durante un buen rato, volvían a su ritmo normal. Pero, invariablemente, cualquier amenaza que se cerniera sobre mi cabeza, fuera persona o animal o fenómeno natural, se quedaba atrás cuando mis alas imaginarias me remontaban.

Esos recursos se habían marchado de la mano con la inocencia de mi infancia y ya no podía recurrir a ellos ahora que me hubieran sido tan útiles. Mi niñez había quedado atrás hacía muchos años, así que debía enfocar mis esfuerzos en encontrar una solución más viable a mi problema. Mi transporte había partido hacía ya un buen rato y no me quedaba siquiera la solución de embarcarme de regreso y dar por terminada —antes de emprenderla— una aventura que ahora la veía como lo que era: insensata e inmadura.

Traté, desesperadamente, de descubrir alguna señal que me indicara en que punto del camino me encontraba, pero no se veía a mi alrededor nada más que arena y sol. Por fin, al término de unos minutos interminables —aunque me parecieron varias horas— y al borde del pánico, creí divisar a pocos pasos de donde me encontraba, lo que me pareció un sendero que avanzaba serpenteando por entre las dunas que de trecho en trecho interrumpían la monotonía del paisaje.

Al acercarme un poco más, vi que no se trataba realmente de un sendero. Más bien, del polvo compactado por las pisadas de innumerables caminantes que a lo largo de muchos años habían dejado una larga huella de color ligeramente más oscuro que el del resto del arenal.

El desolado paisaje que se extendía ante mi vista, era sobrecogedor. A esa hora reinaba un calor sofocante y las inquietantes sensaciones que me embargaban cada vez me agradaban menos; la primera era de absoluta soledad —me sentía como si fuera la única habitante del planeta— y la segunda, no menos angustiosa que la anterior, el temor a lo que me pudiera suceder. No había forma de predecir lo que me esperaba si lograba salir de este lío en el que yo misma me había metido y mi zozobra aumentaba por segundos.

Casi por inercia, empecé a andar buscando un atajo que me llevara a alguna parte, a cualquier lugar que mostrara signos de la presencia de otros seres humanos.

Habría recorrido sólo unas decenas de metros, cuando de pronto, como parte de uno de los espejismos, ante mis ojos, apareció una mujer de aspecto paupérrimo. ¡Qué alivio sentí al ver su desteñida pollera que no le quedaba espacio para un solo parche más y su chompa tanto o más raída que la manta con que en ese momento se protegía la cabeza! Llevaba agarrado de la mano y casi en volandas a un niño de unos dos años y colgado a la espalda, a la usanza de las mujeres de la sierra, un bebé cómodamente envuelto en una tela serrana que alardeaba de tal riqueza de color que, en vez de disimularlos, ponía más de manifiesto sus andrajos.

El rostro de la mujer lucía además, a manera de un grotesco antifaz, la expresión más desesperanzada que uno pueda imaginar. No era tristeza ni desesperación lo que reflejaba; tampoco ira, rebeldía, amargura o resignación; eran todo eso y algo más. Recuerdo que pensé que lo que mostraba aquella expresión, sólo se podría definir como la falta más absoluta de fe en la humanidad, en el futuro, o en eso que llaman Dios.

A pesar de que por la edad de sus hijos debía ser una mujer joven, aparentaba tener por lo menos cincuenta años; su rostro estaba surcado por profundas arrugas y su cuerpo —quién sabe qué cargas habría tenido que soportar— estaba prematuramente doblado. Le faltaba uno que otro diente y caminaba con el paso lento y cansado de una persona mucho mayor.

Me acerqué y le hablé.

—Buenos días, ¿me podrías indicar cómo llegar al próximo pueblo?

PRIMERA PARTE

CAPÍTULO 1

Cuando escuché por primera vez hablar de las Lomas de Lachay era bastante pequeña. Todavía resuenan en mis oídos las voces entusiasmadas con que solían describirlas los adultos de mi familia en sus conversaciones:

—« ¡*Es una maravilla de la naturaleza!*».

—«*Y está tan cerca de Lima que todos los limeños deberían visitarla por lo menos una vez en la vida*».

—«*Lo que pasa es que el Perú esta tan lleno de estos lugares mágicos que ya ni notamos su presencia.*»

En varias oportunidades, mis padres, mis tíos y sus amigos organizaron expediciones a ese fantástico lugar. A veces, desde mi cama los oía susurrar sus planes para el siguiente domingo. Recuerdo que faltando dos o tres días para el paseo, las señoras se reunían y en medio de gozosos comentarios, se mostraban unas a otras los bonitos vestidos de brillantes colores y estampados florales que habían adquirido.

Yo me escondía en una esquina de la sala, detrás del piano, para, sin ser detectada, admirar sus atuendos que eran complementados con vistosos sombreros de paja de ala ancha, para resguardarse del sol, medias cubanas y zapatos bajos y cómodos.

Los hombres dejaban de lado los habituales ternos grises o azules y las camisas blancas y corbatas a rayas, que usaban durante toda la semana para ir a trabajar, cambiándolos por pantalones caquis y camisas de colores suaves; celeste, beige o crema, a veces con delgadas líneas en colores contrastantes pero igualmente sutiles, ya que los colores muy vivos eran considerados poco varoniles y casi nadie los usaba.

El domingo, el grupo abordaba alegremente el ómnibus que habían contratado y salían casi al amanecer para aprovechar el día al máximo, portando la gran cesta con comida que habían preparado la noche anterior y que invariablemente contenía huevos duros, paltas, pan fresco, queso y jamón, además de una lata de duraznos al jugo, algunos chocolates para el postre y un gran termo con café. Yo conocía el menú de memoria porque era el mismo que llevábamos en nuestras también periódicas excursiones familiares a Chosica.

El sábado, al mediodía, nuestras madres ponían en una bolsa nuestros piyamas, una muda de ropa y los cepillos de dientes y al atardecer nos dejaban en la casa de nuestra abuela paterna, evitando con esa medida cualquier protesta, ya que los chicos adorábamos quedarnos con esta abuela que nos consentía todas nuestras travesuras, contaba cuentos, cantaba canciones y tenía una imaginación inagotable para entretenernos de todas las formas posibles. Aun así, siempre abrigué la esperanza de que alguna vez nos incluyeran en el paseo, pero por alguna razón —que jamás me fue aclarada— a los niños nunca nos tomaron en cuenta para sus excursiones. .Ahora comprendo que ellos tenían derecho a disfrutar de su paseo, conversar entre adultos sin temor a que sus aprendices de espías los escucharan, descansar del bullicio infantil y no tener que preocuparse por cuidar que no nos desbarrancáramos, pero me hubiera gustado que en vez de la acostumbrada Chosica, nos llevaran por lo menos un domingo a las Lomas de Lachay.

Fue pasando el tiempo y el deseo de conocer esos parajes, a los que el misterio hacía aun más tentadores, fue desvaneciéndose poco a poco en mi memoria hasta llegar a ser un lejano recuerdo.

Unos años más tarde —siendo estudiante— algunos de mis amigos que conocían Lachay, volvieron a despertar mi curiosidad al relatarme, con el poético entusiasmo de la juventud, que en esa zona los cercanos Andes permanecen silenciosos y misteriosos, embozados por una densa capa de neblina, que los cubre como una mortaja, durante la mayor parte del año. De junio a setiembre, sin embargo, la bruma se disipa y aparecen en el horizonte imágenes fantasmagóricas de árboles, retorcidos antojadizamente por el viento y la arena, que se alzan como viejas manos esperando tocar el cielo en busca del prometido rayo de luz que les permita seguir viviendo.

Las dunas continúan su perpetuo avance, ondulando serpenteantes sobre la inmensidad del mar de arena hacia las colinas que, actuando como rompiente en las faldas de las montañas, de pronto despiertan de su letargo y olvidando su calidad de rompeolas del más silencioso de los océanos, se cubren de flores y vegetación y se transforman en gigantescos ramilletes para dar la bienvenida a sus visitantes.

Ya fuera porque casi las había olvidado o porque las prioridades de la vida me llevaron a otros lugares, todavía no se me había presentado la oportunidad de visitarlas y cuando decidí realizar mi viejo anhelo de escribir mi primera novela, recordé la particularidad de la zona conocida solo a través terceras personas y se agudizó en mí la necesidad de indagar más acerca de las enigmáticas Lomas de Lachay. Aprovecharía, de paso, para conocer sus alrededores y a sus moradores que, por informaciones recibidas aquí y allá, eran tan notables como las lomas pues poseían cualidades muy especiales. No había venido aquí por casualidad.. Mi búsqueda del lugar apropiado para ambientar mi novela, comenzó casi al mismo momento en que la idea del libro empezó a germinar en mi cabeza. Lo único que me faltaba para empezar mi narración, era verificar que lo había encontrado.

Muy cerca de las lomas, casi por casualidad, descubrí un distrito pequeñísimo llamado «La Esperanza», que se encuentra a la entrada de la ciudad de Cuyum, y alberga al conjunto de gente más heterogénea que uno pueda imaginar pero que sin embargo forma el grupo más homogéneo y armonioso que he conocido.

En seguida vi que ese conjunto de personas constituía una invalorable —y casi inagotable— fuente de caracteres de donde poder escoger lo que había estado buscando: hombres y mujeres genuinos, sin artificios que pudieran desviar la orientación que quería darle a mi libro y me ayudaran a descifrar mis incógnitas para apoyar la clase de historia que deseaba contar. En la conocida obra de Pirandello, *«Seis Personajes en Busca de Autor»*, los protagonistas imaginarios, dejados de lado por su creador, buscan un autor que los plasme en el papel para poder vivir las vidas que les fueron dadas y después negadas. Contrariamente, yo tenía el argumento claramente bosquejado en mi mente pero necesitaba por lo menos seis personajes que me ayudaran a llevarlo a buen fin.

Por ese entonces se habían puesto de moda las novelas donde todos los miembros de una familia, sin excepción, son bellos, bien educados, poseen una inteligencia muy superior a la del resto de mortales, viven en casas modernas —profesionalmente decoradas y lujosamente amobladas— donde todo es automatizado. Los hijos, son invariablemente listos, y tienen la respuesta aguda y precisa —casi siempre insolente— para cualquier observación de sus mayores, las madres visten al «último grito de la moda de París», todos parecen haber olvidado el castellano porque son muy «*smart*» y frecuentemente intercalan vocablos en inglés en sus conversaciones, los padres asisten, puntualmente, a los exclusivos «*golf clubs*» para jugar unos cuantos «*holes*» antes de almorzar y sellar sus negocios con «*gin and tonic*» o «*whisky on the rocks*».

Esa era la corriente del momento, pero a mí no me apetecía seguirla. Mi meta siempre fue narrar una realidad diferente. Quería contar cómo vive la gente real, la inmensa mayoría de peruanos: personas que al bajar de la sierra a la costa en busca de mejores condiciones para ellos y sus familias, dejan atrás una vida dura y desprovista de oportunidades en las alturas pagando a cambio, sin embargo, el alto precio de reemplazar sus costumbres atávicas por unas nuevas que no conocen ni entienden; aprender un nuevo lenguaje y adaptarse a una forma de vida que no es la suya, al lado de personas que no son sus familiares ni mucho menos sus amigos.

Aspiraba a describir, lo más fielmente posible, a estas familias provincianas, sencillas y generosas que vienen a la costa compartiendo sueños e ilusiones y como no encuentran la posibilidad de alcanzarlos, terminan compartiendo decepciones y pobreza.

Una vez que seleccionara mis personajes, el argumento se desarrollaría sin problemas y la trama se urdiría, fácil y rápidamente, por sí sola. O al menos eso creí en aquellos momentos...

CAPÍTULO 2

Como frecuentemente me ocurre, mis pensamientos me habían llevado muy lejos y cuando volví a tomar contacto con la realidad encontré que, durante toda mi larga ensoñación, la mujer había permanecido quieta a mi lado, mirando al suelo obstinadamente, con la imperturbabilidad ancestral que caracteriza a la población quechua del Perú.

Su silencio se había hecho tan interminable como el mío y yo ya estaba a punto de perder la esperanza de recibir una respuesta cuando, ladeando la cabeza con curiosidad, me miró de arriba a abajo, como haciendo una rápida evaluación de mi persona para decidir si me contestaba o no. De pronto, con una cortedad que se manifestaba en el nervioso retorcer de una de las puntas de su chompa, se resolvió y lo hizo:

—Sí, cómo no, *siñurita*, La Esperanza queda *aquicito* nomás, bien cerquita. Ahí *mismito* tengo mi casa, si quieres puedes venir conmigo— y sin agregar nada más, empezó a caminar nuevamente.

No me hice repetir la invitación y me ajusté a su paso para seguirla de cerca. Habíamos recorrido algunos metros cuando volteó la cabeza para mirarme nuevamente y, seguramente recordando reglas de urbanidad aprendidas mucho tiempo atrás, arrastrando las «*erres*» y marcando las «*eses*» con el acento áspero, típico de la gente de la sierra, añadió: —Me llamo Santusa, para servirte— y eso fue todo. No logré arrancarle una sola palabra más en todo el camino, a pesar de mis intentos por entablar una conversación.

Súbitamente, detrás de una duna y sin que nada me hubiera advertido de su proximidad, apareció el lugar de nuestro destino. Yo no estaba preparada para lo que se presentó ante mis ojos y con desmayo observé que nos encontrábamos frente a un inmenso y maloliente basural de al menos una cuadra y media de extensión donde se apilaba una cantidad enorme de basura que, según calculé, tendría entre cincuenta centímetros y un metro de altura. « ¿Dónde me había metido?». « ¿Así era el lugar que tanto soñé conocer y durante tantos meses planeé visitar?»

Un número de viviendas precarias a las que con gran esfuerzo de imaginación y mucho optimismo se podían calificar de chozas, rodeaban el muladar. El conjunto presentaba un panorama desolador y cuando por fin logré apartar la mirada de la basura y las miserables casuchas, me di cuenta de que enfrente, separadas y medio ocultas por el basural, había otro tipo de construcciones. Eran casas bien construidas con fierro, ladrillo y cemento, de regular tamaño y proporciones armoniosas, aunque sus fachadas eran muy poco atractivas. Me llamó la atención que no mostraran ningún acabado, no habían sido tarrajeadas ni estucadas y mucho menos pintadas; algunos fierros de construcción sobresalían por los techos como si todavía faltaran uno o dos pisos más por construir y las ventanas, también enmarcadas en hierro, sólo mostraban la capa rojiza del anticorrosivo, pero no habían recibido todavía —ni nada indicaba que lo recibirían en un futuro cercano— el toque final y embellecedor de una mano de pintura.

Estas casas evidentemente pertenecían a las «familias notables» del barrio, las que aparentemente las ocupaban desde hacía muchos años, pero todas por igual exhibían uno que otro detalle que indicaba que todavía se encontraban en proceso de construcción. Era como si descuidadamente hubieran sido colocadas ahí para poder reclamar la calidad de pueblo y hubieran olvidado terminarlas.

Sin duda no todo lo que me rodeaba era miseria, pero sí saltaba a la vista el inexplicable descuido, hasta que alguien se encargó de explicarme la razón unos días después: «por una disposición del gobierno, el dueño de una vivienda no paga impuestos a la propiedad mientras ésta no esté completamente terminada y, en una suerte de represalia contra los gobiernos central y municipal, que se llevan una gran parte de sus salarios en impuestos, los propietarios las dejan sin concluir para siempre».

La falta de cuidado de las casas grandes y hasta la fealdad miserable de las chozas hubieran podido pasar inadvertidos de no ser por el hedor que despedía el inmenso muladar donde, por falta de un botadero municipal y un servicio de recojo de basura, las familias de los alrededores —tanto las que vivían con holgura como las que se hacinaban en las construcciones precarias— se habían visto obligadas, desde que se fundó el asentamiento humano, a arrojar diariamente sus desperdicios. Este canchón, donde entre desechos orgánicos se habían ido apilando sucesivas capas de papeles y plásticos fácilmente distinguibles por los distintos colores adquiridos al ser quemados por el sol, me recordaba los sitios arqueológicos donde se observan estratos de civilizaciones pasadas, pero a diferencia de los yacimientos fósiles, estos hedían y con la temperatura reinante, la respiración se tornaba prácticamente imposible.

Al verme cansada, sudorosa y con el polvo del camino adherido a mi piel y la ropa, mi flamante guía me invitó a entrar a su vivienda —que resultó ser una de las moradas más deprimentes del lugar— y me ofreció un vaso de agua para aliviar, aunque fuera por unos momentos, el intenso calor de esa hora antes de seguir mi camino a Cuyum.

La estructura de la vivienda por su fragilidad parecía un castillo de naipes que fuera a desbaratarse en cualquier momento. Una armazón de seis palos que, clavados en el piso unían otras tantas esteras, cercaba una pequeña extensión de terreno sosteniendo, a manera de techo, una plancha de latón mantenida en su lugar por el peso de sendos ladrillos.

Las paredes de esteras habían sido «empapeladas» por dentro con periódicos viejos, para impedir el paso de la arena que acompañaba a los fuertes vientos que soplaban con frecuencia. Las áreas de dormir, comer y cocinar estaban delimitadas por sus escasos muebles: un camastro, pegado a la «pared del fondo», donde dormía toda la familia y una mesa rústica muy pequeña, situada al frente, flanqueada a cada lado por una silla con asiento de paja y respaldo de troncos sin pulir y donde nos sentamos a descansar. No pude descubrir una percha, o un baúl, por lo que supuse que las sillas cumplían varias funciones y de noche, la ropa se colocaba sobre ellas.

Tampoco había puerta, pero en la segunda o tercera vez que me dirigía la palabra y en tono de disculpa, mi anfitriona me explicó que durante las noches, la entrada de la vivienda era cubierta con un trapo, pero que, durante el día, los intoxicantes humos del kerosene que permeaban todo el ambiente y el insoportable calor, los obligaban a retirarlo para permitir el ingreso de un poco de aire. Junto a la entrada se veía una segunda mesa, alta, de patas largas y minúsculo tablero, sobre el que se posaba la hornilla donde se cocinaban los alimentos de la familia. A ambos lados se le habían atornillado unas armellas de donde colgaban, a un lado, un par de ollas —una un poco más grande que la otra, tiznadas y abolladas—y al otro, una sartén y un cucharón que también habían visto mejores tiempos. En el piso, entre las patas de la inestable mesa, se veía una batea de plástico que a todas vistas también cumplía una doble función: servía para lavar la ropa o bañar a los niños según fuera la necesidad del momento y, dentro de ella, un balde de fierro enlosado que, sin tener dotes de adivina, era fácil colegir que Santusa debía llenarlo con agua del único pilón que vi al llegar y que estaba ubicado a unos cincuenta metros de su vivienda, teniendo que hacer el recorrido muchas veces al día . Hasta donde pude alcanzar a ver, no había otro surtidor en el que las familias de los alrededores pudieran abastecerse del líquido vital para cocinar, beber, lavar su ropa, sus utensilios de cocina y cuidar de su higiene personal.

Sobre un cajón de fruta vacío, colocado al lado de la hornilla, se veían dos platos y dos jarros de latón y unas cuantas cucharas dentro de un único vaso de vidrio (el otro lo tenía yo en la mano con el agua que me había dado mi nueva amiga) había también un vaso de plástico rojo para el niño. Junto a la exigua vajilla se veía un paquete de velas que eran, evidentemente, la única iluminación con la que contaban por las noches.

Al entrar al barrio me había percatado, asimismo, de la total ausencia de postes de alumbrado público y lo curioso es que, en vez de preocuparme porque alguien pudiera tropezar y caer en la oscuridad — o peor— ser asaltado o atacado por un animal, pensé que la gente que vivía en La Esperanza era tan pobre que ni siquiera contaba con el recurso de iluminar sus viviendas «jalando» luz del poste, una práctica bastante difundida entre otros pueblos jóvenes, que aplacan la ira de los inspectores municipales, con una cuota mensual costeada por los sufridos vecinos.

Aunque el camino lo habíamos hecho casi completamente en silencio y solo habíamos cruzado un par de frases más en todo ese tiempo, al encontrarse en su entorno familiar Santusa, evidentemente, se sintió más cómoda y empezó a conversar conmigo.

—Aquí vivo yo con el Iskay, él es mi marido. Ahorita mismo está en la hacienda Aurora trabajando, pero no va a tardar en llegar. Estos son mis hijos; el varoncito se llama Wilber y la wawa es Deisi. Si la Deisi hubiera nacido varón también la hubiéramos llamado Iskay, porque ese nombre quiere decir «segundo hijo» en quechua. Y ¿cómo te llamas usted? — me preguntó seguidamente—.

Me hizo gracia su inesperada parrafada. Yo no hablo el idioma quechua y mucho menos conozco su estructura, pero siempre me ha parecido curiosa la forma en que las personas que dominan el lenguaje de los incas intercalan, en una misma oración, el «*usted*» con el «*tú*» para dirigirse a su interlocutor sin conceder importancia alguna a su edad o condición y con total despreocupación por las reglas de la gramática castellana o, quizás, en abierto desafío a ellas. Me parece, aunque no estoy segura, que tanto en el quechua la palabra 'qam', como en el inglés la palabra 'you', sirven lo mismo para ambos pronombres.

—Yo soy Verónica, pero todos mis amigos me dicen Gringa. Tú también puedes llamarme así. A ella pareció gustarle esta muestra de confianza y la recibió con una inclinación de cabeza y una media sonrisa, luego de las cuales seguimos conversando. Yo le hacía preguntas; me interesaba conocer variados aspectos de la cercana ciudad de Cuyum —donde pensaba establecerme— y de la clase de gente que allí vivía y sus costumbres.

—Cuéntame Santusa, ¿Cómo son las personas que viven por aquí? ¿Todos son trabajadores y llevan vidas sanas? ¿O también hay ociosos, borrachos y delincuentes?

Como mi intención era pasar un buen tiempo en la zona, deseaba evitar sorpresas desagradables. Especialmente, me interesaba ver de cerca el fenómeno particular de La Esperanza. Por lo que me habían dicho, aquí reinaba la más pura de las democracias. Todos convivían en armonía y siempre estaban unidos y de perfecto acuerdo tanto para celebrar sus pequeños triunfos como para subsanar sus fracasos, pero eso que me había sido dicho por gente de fuera, quería que fuera corroborado por los labios de alguien del lugar.

—Buena gente, *siñurita* Gringa, aquí todos somos buenas personas, a cualquiera le puedes preguntar. Si vas por Cuyum, también todos son buenas gentes, siempre te van a dar la mano. Aquí todos nos conocemos de tiempo y trabajamos duro y nos ayudamos unos a otros. Como somos pobres, por aquí no vienen los rateros, no hay nada que robar.

El nombre Cuyum, me informó seguidamente, significa «*arena*» en quechua lo que, dado el desértico paraje que nos rodeaba, me pareció más que un nombre, una redundancia. El pueblo, según pude colegir en medio de su charla un poco deshilvanada, servía de enlace entre la sierra y sus costumbres ancestrales y la costa y su «*civilización moderna*».

—Dime, Santusa, ¿me puedes recomendar un buen lugar para alojarme?

—Yo no sé, porque nunca he estado por ahí, *siñurita* Gringa, pero los que conocen siempre vienen hablando de la Pensión Salinas. Todos dicen que es la mejor y que dan buena comida.Conforme se desarrollaba la conversación y aunque me había propuesto no hacerle la pregunta, ésta, sin quererlo, prácticamente saltó de mis labios:

— ¿Por qué vives al lado del muladar, Santusa? ¿No te da miedo que tus hijitos se enfermen? Yo creo que debes salir cuanto antes de aquí. Al llegar he visto muchos perros de los alrededores que vienen a comer la basura y hacer sus necesidades; también he podido ver cantidades enormes de moscas y con seguridad hay ratas y otros animales dañinos. ¿Por qué has elegido este lugar para vivir?

—El Iskay trabaja duro, *siñurita* Gringa, pero la plata no alcanza, así que siempre que puedo me consigo un trabajito en una casa de la «gente rica» que vive *aquicito* nomás, enfrente, limpiando o lavando la ropa, así me gano mi platita y podemos comprar más comida para mis hijitos. La Deisi todavía mama de mi teta, pero ya se me está secando la leche; muchas veces se queda de hambre y tengo que completarle con leche de tarro, que cuesta bastante plata. El Wilber también está creciendo y ahora come más y el Iskay nunca se llena, siempre está hambriento, me dijo tapándose la boca con la mano para reír. Algunas veces, en las casas que trabajo me regalan lo que les sobra de su comida o ropita para mis *wawas* y eso ayuda un montón. La gente rica también para botando todo el tiempo cosas que todavía sirven. Yo siempre estoy al tanto para recogerlas; las limpio bien y después de la misa, el día domingo, las vendo en la feria que hay en la plaza.

La «gente rica», supuse, era la que vivía en las casas de ladrillo que vi al frente de las chozas.

Había pasado largamente la hora de almorzar y, la verdad, sentía un poco de hambre, pero no tenía la más mínima intención de comer en ningún lugar cercano a este basural. El ambiente se veía tan malsano que una infección intestinal era lo más benigno que podía esperar y no quería empezar mi aventura enfermándome. Por otro lado, tampoco me hubiera parecido justo consumir lo poco que tenía Santusa para alimentar a Iskay y Wilber y separar algo para ella, que estaba amamantando a su bebé. Su cara, de por sí, hablaba de mil privaciones.

Ya me iba, después de agradecerle su ayuda y hospitalidad, cuando me cortó la retirada con un plato que contenía un guiso de carnero que, a decir verdad, me revolvió el estómago con solo mirarlo. En un charco de grasa fría, de color verde, navegaban unos cuantos pedazos de carne y una papa partida en cuatro. También me dio un pedazo de pan indio para remojarlo en la «salsa». Este pan, que algunos llaman chapla, está hecho de una mezcla de harina, agua, sal y azúcar, cocida en un primitivo horno de piedra calentado con leña y es muy común entre la gente de la sierra. Yo lo había probado en otras oportunidades y me gustó, sobre todo con queso fresco o aceitunas pero éste, especialmente, tenía un aspecto muy poco apetitoso porque, aparte de ser chato y deforme, mostraba partes quemadas y aparentemente estaba cubierto de tierra. Mi imaginación volaba tratando de inventar, sin ofenderla, excusas para no aceptar el plato que me ofrecía, pero su concepto de hospitalidad no admitía la opción de dejarme ir sin comer. Le dije, entre otras disculpas para tratar de convencerla, que prefería llegar a Cuyum cuando todavía había luz de día, porque aun tenía que buscar alojamiento y no me agradaba la idea de aventurarme en la oscuridad en un lugar que no conocía.

—No hay problema, *siñurita* Gringa, le digo al Iskay que te acompañe cuando venga.

—No es solo eso, Santusa, desde hace varios años padezco de úlceras y el doctor me ha prohibido comer platos muy condimentados, de otra forma no puedo dormir en las noches porque me producen una terrible acidez. Me parece que no me creyó. No creo que la gente que no tiene suficiente para comer conozca ese tipo de problemas, mas relacionados con el exceso que con la escasez. No era mal agradecimiento de mi parte, era que mi cerebro, a la vista de tal menjunje, se resistía con todas sus fuerzas a dar la orden a mi boca para que se abriera e intentara, siquiera, probarlo.

— ¿Tienes hambre? Me preguntó añadiendo luego perentoriamente y sin esperar mi respuesta: ¡come!

No me podía rehusar más sin herirla, así que haciendo de tripas corazón me embutí el primer bocado que, para mi sorpresa, no solamente no era desagradable sino bien aderezado con culantro y ají y muy sabroso.

Devoré todo el plato y hasta el pan, pues al probarlo descubrí que también tenía un sabor muy placentero con ese gustillo ahumado que proporciona la leña. Santusa me había aclarado que la materia que lo cubría no era tierra sino ceniza y les pasó un trapo limpio por encima para retirarla.

Antes de irme, insistí en darle algo de dinero para reponer lo que había gastado en alimentarme preguntándole, con mi estupidez citadina, si de alguna forma mi ofrecimiento hería su dignidad.

—La dignidad no se come, *siñurita* Gringa me respondió —con esa vieja sabiduría heredada de sus ancestros— y guardó en el bolsillo de su pollera, rápidamente, los cinco soles que le entregué, como si temiera que pudiera arrepentirme.

CAPÍTULO 3

No llegué a conocer a Iskay ese día. Se estaba demorando mucho en llegar del trabajo así que, temiendo que oscureciera cuando todavía estaba en camino, recorrí, lo más rápidamente que me permitieron mis piernas, las diez o doce cuadras que separaban el distrito de La Esperanza de la ciudad de Cuyum. Afortunadamente, siguiendo las direcciones de Santusa, no me fue difícil encontrar la Pensión Salinas.

Me encontré con una casona antigua que, como todas las de su época, constaba de dos pisos. El primero, donde estuvo el antiguo zaguán, por donde ingresaban los carruajes jalados por caballos, cayó en desuso con el arribo de los automóviles y sus propietarios lo sub dividieron y alquilaron a negocios pequeños. Pude distinguir por sus letreros, una escribanía, una tienda de venta de artículos fotográficos y otra que ofrecía papelería y útiles de escritorio además de hacer fotocopias. Junto a la entrada también se veía un kiosco de venta de billetes de lotería que a su vez recibía diariamente las primeras ediciones de los periódicos de Lima. Estas eran comodidades que no había esperado, pero era grato saber que las tenía a mano, porque una vez que empezara mi trabajo, todos estos servicios me iban a ser de suma utilidad.

Al segundo piso se llegaba por una puerta más angosta que antiguamente había sido empleada por los sirvientes para hacer su ingreso a la planta alta, sin importunar a los dueños ni a sus visitas, y daba acceso a las largas y empinadas escaleras que llevaban a las instalaciones de la *Pensión Salinas*, tal como lo anunciaba la placa de bronce debajo del artístico farol colonial que la alumbraba.

Subí los interminables peldaños un poco descorazonada y con desconfianza de lo que encontraría arriba.

Seguramente los amplios salones y demás habitaciones que ocupó la familia original habrían sido tugurizadas al igual que la parte de abajo —el antiguo zaguán— que me había parecido bastante vieja, sucia y descuidada. Después de todo, la única referencia que me había guiado hasta este lugar, era la de una pobre mujer que nunca lo había visitado.

Debatiéndome en un mar de dudas seguí subiendo con mi equipaje a cuestas, que afortunadamente era sumamente ligero, prometiéndome a mi misma dar marcha atrás si no me agradaba y buscar un alojamiento más apropiado. La Plaza de Armas quedaba a solo unas cuantas cuadras de distancia y seguramente ahí podría encontrar un hotel que me ofreciera un poco mas de seguridad.

Sin embargo, todas mis dudas se despejaron al llegar al segundo piso pues encontré, con alivio, un ambiente sumamente placentero. Entrando a un pequeño recibidor me acerqué al mostrador, donde me atendió un señor de cabello entrecano y aspecto pulcro que, correctamente, se presentó como propietario y administrador de la pensión.

—Pedro Salinas para servirla, señorita.

—Me da mucho gusto conocerlo, señor Salinas.

— ¿Cuánto tiempo piensa estar con nosotros?

—Varios meses, si no tiene inconveniente. He venido para escribir un libro y espero poder quedarme al menos hasta que lo tenga comenzado y enrumbado. Luego, por asuntos familiares y de trabajo, debo volver a Lima por un tiempo, pero pienso regresar para terminarlo.

— ¿Una escritora? Nunca hemos tenido antes un huésped que se dedicara a la literatura. Algunos reporteros y periodistas sí han venido por aquí, —en las raras ocasiones en que se produjo algo digno de ser mencionado en el periódico o la revista para la que trabajaban— pero muy pocos porque, la verdad sea dicha, en esta ciudad nunca pasa nada notable.

—En realidad yo también soy periodista de profesión, señor Salinas, pero siempre he sentido la inquietud por escribir una novela y creo que ha llegado el momento de realizar este sueño que he venido acariciando durante tanto tiempo.

—Por cierto, puede quedarse todo el tiempo que quiera. Inclusive, si regresa a Lima como me acaba de decir y quiere dejar algunas de sus cosas en nuestro depósito, se las podemos guardar con toda garantía.

Luego de cumplir con los trámites de rigor para inscribirme en el libro de huéspedes y ponernos de acuerdo en el precio que me iba a cobrar por mes, me invitó a hacer un pequeño recorrido por el establecimiento. A la recepción le seguía un espacioso salón-biblioteca, provisto de cómodos sillones de cuero, donde los huéspedes se sentaban a conversar, leer o ver televisión al lado de los hermosos balcones coloniales que daban a la calle, los que por las tardes, según me dijo don Pedro, dejaban entrar un aire fresco muy agradable. Pensé que este debió ser el salón de té en el siglo dieciocho. A la derecha se hallaba el comedor, donde distinguí ocho mesas cubiertas con manteles de vivos colores, al que seguía un largo pasadizo con puertas a ambos lados. Vi que las puertas de algunos cuartos desocupados estaban abiertas y mi curiosidad me llevó a atisbar las habitaciones que me parecieron sumamente confortables, amplias y ventiladas; las camas lucían, a manera de sobrecamas, mantas con rayas de alegres colores muy similares a la que había visto usar a Santusa para transportar a Deisi. Los muebles de madera clara y diseño moderno, aunque sencillos, contribuían a la imagen de aseo y bienestar que había percibido desde que sólo unos momentos antes, ingresé a la hostería. Algunos de los dormitorios debieron ser previamente las salitas, pero no quedaba nada del antiguo gran salón que seguramente también había sido subdividido.

—Como verá, señorita Olazábal, —me dijo el señor Salinas— éste es un negocio familiar. Mi esposa, mis dos hijos y yo trabajamos juntos y procuramos que cada uno de nuestros huéspedes se sienta no solo como en casa sino como un miembro más de nuestra familia. Dentro de unos minutos va a conocer a todos los miembros de mi «tribu». Espero que su estadía entre nosotros le sea placentera.

Tal como me había dicho y pude comprobar más tarde, el negocio familiar funcionaba con la precisión de un reloj suizo. Cada uno de sus miembros tenía determinados deberes y todos los cumplían de buen grado y en perfecta coordinación. El padre, el señor Pedro Salinas, salía temprano todas las mañanas a hacer las compras en el mercado y cuando volvía se dedicaba a las tareas administrativas: llevaba las cuentas, mantenía al día un inventario para reemplazar lo que se gastaba, rompía o malograba y realizaba constantes inspecciones para detectar fallas y hacer las reparaciones necesarias. La madre, la señora Gianina, Gina como la llamaba su esposo o Ginita como lo hacían todos cariñosamente, preparaba los alimentos y se hacía cargo de la limpieza y el buen mantenimiento de la cocina; entre planear los menús, hacer listas de lo que se necesitaba para el día siguiente y cocinar las tres comidas diarias, se mantenía ocupada todo el día. Los dos hijos, aparte de cumplir con sus estudios, efectuaban mandados, atendían las mesas y realizaban la limpieza de las habitaciones.

Al llegar a la Pensión Salinas los huéspedes se sentían, efectivamente, como en su casa, tanto por la familiaridad que reinaba entre los miembros de la familia que regía el establecimiento y sus clientes, como entre ellos mismos, mayormente agentes viajeros, que al parecer hacían frecuentes viajes a la sierra y coincidían periódicamente en este albergue. Las pocas personas que vi en mi camino hacia la habitación que me había sido asignada, se veían tranquilas y alegres, conversando y bromeando entre sí. Se notaba que con el correr del tiempo y los sucesivos encuentros, habían llegado a cultivar una estrecha relación amical.

La pulcritud y orden eran las características más resaltantes del establecimiento. Todos los días las camas eran tendidas con sábanas frescas que los hijos de la pareja, Anita y Luis, llevaban y recogían —también diariamente— de la lavandería, donde les daban un ligero enjuague de almidón, justo lo preciso para brindar una maravillosa sensación de bienestar y frescura al momento de acostarse. Las toallas despedían un aroma a lavanda y eran renovadas, asimismo, cada mañana.

Una vez que don Pedro me enseñó mi cuarto, me instalé rápidamente. Llevaba conmigo, como único equipaje, un maletín de mano con unos cuantos objetos esenciales. La habitación que me fue asignada, también amplia y acogedora como era de esperar, contenía una amplia cama con un colchón firme pero mullido, cubierta con una manta multicolor, igual a las que vi al pasar por el pasillo, una pequeña mesa con su silla y una cómoda situada al frente de la cama sobre la que se posaban un aparato de televisión y un par de folletos turísticos que ojeé sin interés, además de la infaltable biblia. La mesita podía servirme provisionalmente, como escritorio y en ella coloqué mi máquina de escribir portátil y un paquete de hojas de papel bond de tamaño oficio.

En una esquina del cuarto había un armario en el que colgué mis escasas prendas de vestir. Seguidamente, arreglé mis artículos de tocador sobre la repisa del pequeño cuarto de baño adjunto a mi habitación y me di una refrescante ducha antes de emprender mi camino de regreso rumbo al comedor.

Las voces que se escuchaban entre el sonido de platos y cubiertos indicaban que había llegado la hora de comer y provocaron una reacción *«pavloviana»* en mi estómago que, entre una ola de protestas por no haber recibido nada desde el guiso de Santusa, hacía rato me lanzaba gruñidos coléricos recordándome que estaba vacío.

Al entrar al comedor, encontré exactamente el ambiente que había imaginado desde el primer momento en que puse un pie en el establecimiento. La señora Salinas era la típica *«mamma»* cuyo mayor placer reside en alimentar y ver comer a su familia. Su ascendencia italiana se evidenciaba en sus efusivas palabras, emitidas en una voz un tanto más sonora de lo necesario, en cada uno de los movimientos exagerados de sus manos y en su actitud mandona con la que pretendía ocultar una naturaleza sumamente emotiva Parecía salida de una película italiana con su contextura bajita y rellenita, ni gorda ni flaca, que cubría con un coqueto delantal y un rostro en el que resaltaban los ojos bondadosos. Salió a saludarme con una sonrisa amplia y afectuosa.

—Ya me había dicho mi marido que una señorita muy bonita había llegado a la pensión, discúlpeme pero se me escapa su nombre...

—Encantada de conocerla, señora Salinas, soy Verónica Olazábal, pero todos me dicen Gringa.

—Pues claro hija, si pareces una vikinga, ¡bienvenida gringuita! —me dijo apachurrándome en un abrazo cariñoso.

Por lo que pude observar en la conducta de su clientela, la señora Ginita era querida y respetada por todos y sus habilidades culinarias, recibían toda clase de alabanzas —refrendadas a menudo por las exclamaciones de deleite y ojos en blanco de los comensales— y eran honradas no dejando un solo grano de arroz en los platos que quedaban completamente limpios. Esa noche el menú, que consumí vorazmente, estaba compuesto por una entrada de palta rellena a la jardinera; seguida por lomito saltado con arroz y de postre, uno de mis favoritos: crema volteada. Hacía mucho tiempo que no saboreaba una comida tan exquisita.

Después de comer, pasamos al salón para ver las últimas noticias en la televisión, mientras paladeábamos el cafecito pasado gota a gota, especialidad y orgullo de don Pedro. Recién en ese momento tuve ocasión de tratar a los hijos de la pareja: un muchacho llamado Luis, próximo a cumplir dieciocho años y una joven, Anita, de quince. Con los dos había cruzado brevemente unas pocas frases de saludo, cuando me acercaron la comida, pero el resto del tiempo habían estado demasiado ocupados con sus constantes viajes entre la cocina y el comedor, recogiendo los platos vacíos, sirviendo los siguientes y recibiendo y respondiendo con ingenio las bromas que les hacían los huéspedes. Los dos eran muy corteses y simpáticos y cumplían a cabalidad con la serie de tareas asignadas por sus padres para el buen funcionamiento del negocio.

A eso de las nueve de la noche —uno a uno o en grupos— los huéspedes empezaron a despedirse y levantándose de sus asientos, marcharon cada uno a sus habitaciones. La mayoría debía madrugar para emprender viaje rumbo a su destino; unos iban a la sierra, otros al norte y el resto iniciaba su regreso a Lima, cumplido el propósito de su viaje. Cuando quedaron apenas unos dos o tres comensales, interesados en las informaciones deportivas con las que finalizaba el noticiero, yo también me levanté y, agradeciendo a los dueños su buena acogida, les deseé buenas noches y me retiré a mi cuarto. Me acosté en una cama fresca que olía a limpio. Estaba cansada, pero contenta. Tenía el agradable presentimiento de que todo me iba a salir bien y me dormí en segundos.

CAPÍTULO 4

Luego de un reparador sueño, me levanté temprano y fui a hacer un recorrido para conocer la ciudad. A la entrada, el día anterior, había pasado por la ocupadísima estación de servicio donde los automovilistas y camioneros preparaban sus vehículos para el arduo camino que les esperaba en la subida a la sierra. Ahora, en las primeras horas de la mañana, se podía observar además de la actividad normal, una larga fila de amas de casa esperando su turno frente a un surtidor de kerosene para adquirir el combustible necesario para la cocina y el alumbrado de sus viviendas.

De la gasolinera partía la calle principal, llamada como muchas otras calles del Perú, *Independencia*. Es un nombre muy común, en este caso más que justificado por la cercanía con Huaura, pueblo en el que el General San Martín proclamó la independencia del Perú.

Había viajado con un equipaje tan ligero que debía, obligatoriamente, hacer algunas compras, y ante la necesidad de ubicar los establecimientos donde podría efectuarlas, empecé a recorrer este movido jirón donde se concentraba la mayor parte del comercio. Como en todo el resto del pueblo, a pesar de que sólo contaba con cinco o seis grandes almacenes y alrededor de una docena de pequeños establecimientos que ofrecían diversas especialidades, ya a esa temprana hora hervía de actividad y la prosperidad se evidenciaba en la variedad de la mercadería ofrecida.

La primera tienda importante que encontré fue una mercería llamada, predeciblemente, «*La Moda Elegante*» y en ella varias costureras y sastres que producían prendas de vestir para exportar a la sierra, estaban seleccionando los materiales necesarios para su oficio. También a esa temprana hora, numerosas amas de casa, aprovechando su viaje al mercado, adquirían lo que les hacía falta para confeccionar la ropa de su familia. Por este negocio, así como por el siguiente, una ferretería, pasé de largo, pues nada de lo que ofrecían me era útil. Sin embargo, al seguir caminando calle abajo, vi una zapatería que exhibía en sus escaparates algunos modelos bien diseñados, confeccionados con buen cuero y resistentes. Realmente necesitaba este tipo de calzado cómodo, para recorrer todos los días las superficies desiguales de las pistas y veredas, no siempre pavimentadas, que cubrían la distancia entre Cuyum y La Esperanza y tomé nota mental para volver pronto y adquirir un par. Las tiendas siguientes eran una joyería, una peluquería y una mueblería y en ninguna de las cuales vi nada que me interesara.

De pronto, en la vereda de enfrente, divisé el bazar más llamativo de toda la calle Independencia. El emporio se llamaba «*La Florida*» y se podía apreciar, por su gran tamaño y atractivas vidrieras, que al menos tres locales habían sido unidos para adecuar el actual e inmenso establecimiento. Cada una de sus tres puertas de ingreso estaba flanqueada por columnas decoradas con un diseño de hojas de palmera delineadas por luces de neón, apagadas a esta hora del día, pero que de noche debían brillar vistosamente. Entre puerta y puerta, un gran ventanal exhibía muestras de la mercadería, atractivamente desplegada entre abundantes plantas tropicales artificiales, arena de playa y estrellas y conchas marinas, con la intención evidente de reforzar la apariencia tropical del almacén. Al recorrerlo, me asombró la enorme variedad de artículos que era posible adquirir en él. Podía competir con cualquiera de las grandes tiendas de departamentos de la capital, pues ofrecía desde sencillas vasijas de material plástico hasta artefactos eléctricos y toda una gama de artículos para regalo y decoración del hogar. Aquí, sin dificultad, conseguí casi todo lo que necesitaba: un bonito florero de porcelana para corresponder las atenciones de la señora Gina, una lámpara de escritorio de cuello largo y flexible para mi trabajo nocturno y un reloj despertador para mi cuarto de la pensión.

Estaba por salir cuando me llamó la atención una atractiva vajilla de loza de veinte piezas. El servicio no era ni muy costoso ni muy fino pero tenía un bonito diseño de flores y. era, de todas maneras, infinitamente mejor que los dos platos y el par de jarros de latón que actualmente usaba mi generosa y nueva amiga. No pude resistir la tentación y obedeciendo a un impulso, lo compré para Santusa.

Como mis adquisiciones eran bastante pesadas, solicité que me las llevaran a la pensión y una vez libre, continúe con mi paseo.

La siguiente parada la hice en la librería «Atenea», donde los estudiantes solían comprar sus libros y útiles escolares en tanto que sus madres adquirían fotonovelas de amor y alimentaban sus ensoñaciones románticas comprando novelitas rosa y cancioneros con los últimos boleros de moda.

Casi por casualidad, al mirar una vitrina —medio cubierta con el consabido papel azul para evitar que la fuerte luz del sol decolorara la mercadería— descubrí en su interior una edición de bolsillo de «El Mundo es Ancho y Ajeno» de Ciro Alegría. Al ver su portada me entraron muchos deseos de releer sus páginas y refrescar mi memoria. Reencontrarme con Rosendo Maqui, el primer alcalde de Rumi, que anhela pacíficamente mejorar la calidad de vida de su pueblo. Estremecerme de rabia ante la prepotencia de Amenábar, el hacendado cuyo único deseo es aumentar su propiedad desalojando a la comunidad a la que quedan sólo dos caminos: rendirse ante el abuso y servir al amo o salir en busca de un mundo ancho que nunca dejaría de serles ajeno. Simpatizar con el Fiero Vásquez, especie de *Robin Hood* serrano, que roba a los ricos para darles a los pobres y acostumbrarme a la actitud beligerante y revolucionaria de Benito Castro, el alcalde que reemplaza a Rosendo, que contrasta enormemente con la pasiva y resignada de su antecesor. Compré el libro, sin pensarlo dos veces, y feliz con mis adquisiciones reinicié mi recorrido.

Al llegar a la Plaza de Armas encontré que, como casi todas las plazas de Sudamérica, seguía el diseño de las españolas; estaba rodeada por portales donde se ubicaban las oficinas públicas, la municipalidad, el correo, la notaría, un cine-teatro, una heladería-dulcería, un café-bar-restaurante, y el edificio más rico e imponente: la iglesia catedral. Frente a frente y en esquinas opuestas, se encontraban las oficinas del Banco Cooperativo y el Banco Nacional. Todos los poderes: el político, el económico y el religioso, se encontraban reunidos en este cuadrado.

En las secundarias calles adyacentes, Unión y 28 de Julio, convergían los servicios esenciales: la estación de bomberos voluntarios, el único hospital, la farmacia y el mercado. En mi camino de regreso observé, con más detenimiento, que las residencias familiares eran de mayor tamaño y, a diferencia de las de La Esperanza, sus fachadas estaban completamente terminadas y mostraban, orgullosamente en sus tejados, una selva de antenas de televisión como un signo más de la prosperidad del lugar.

Al término de mi periplo volví a la pensión, donde la señora Salinas me recibió con un abundante y nutritivo desayuno que, hambrienta como estaba, consumí en el acto. Mis compras me habían antecedido, así que guardé el florero en mi habitación con la intención de entregárselo a mi anfitriona después de la cena, coloqué el reloj despertador y la novela de Alegría sobre la mesita de noche y llevando la caja con la vajilla para mi amiga, unos minutos más tarde, emprendí el camino a La Esperanza. Sentía curiosidad por conocer al resto de sus habitantes; quería saber cómo vivía la «gente rica». Ya había visto cómo vivía Santusa.

CAPÍTULO 5

Tratando de no pisar la suciedad, que prácticamente cubría cada centímetro del espacio entre las casuchas, me fui acercando a la de Santusa, la única persona de La Esperanza que había conocido hasta el momento, mi primer personaje.

Quería, por su intermedio, establecer contacto con los otros habitantes de la localidad. Posiblemente entre ellos encontraría uno o dos, lo suficientemente pintorescos, como para servirme de inspiración para los demás personajes que buscaba.

—Hola Santusa, buenos días.

—Hola *siñurita* Gringa, ¿qué tal te fue ayer?

—Muy bien, Santusa, precisamente venía a agradecerte por recomendarme la Pensión Salinas. Tenías toda la razón, son muy buena gente. Me hice amiga de ellos tan pronto los conocí, me han tratado muy bien. También he conocido Cuyum, le fui a dar una ojeada esta mañana temprano.

—Grandote, ¿no, *siñurita*? — Ella nunca había estado en una gran ciudad, por lo tanto, el único parámetro que conocía era su pueblito de la sierra, que debía ser minúsculo en comparación con Cuyum.

—Sí, muy grande —le contesté para no contradecirla— hay de todo. Ahí te compré este regalito, ojalá que te guste.

— ¿Para mí, *siñurita*? ¿Me has comprado un regalito para mí? —Me preguntaba con incredulidad—. Y sin que pudiera detectar en su voz ningún signo de amargura o resentimiento, solo el enunciado de una realidad, me dijo:

—Nunca *nadies* no me ha comprado nada nuevo, usadito nomás me han regalado.

Conteniendo mi emoción, le dije:

—Bueno, siempre hay una primera vez, ¿no? Éste es para ti y es nuevo, Santusa, ¿por qué no lo abres?

Con manos temblorosas, finalmente abrió la caja y su expresión mostraba tal desconcierto e incredulidad que cualquiera hubiera creído que no le había gustado.

— ¡Ananaw[1], siñurita Gringa, yo no puedo comer en estos platos, nunca he comido en platos de esta laya, se me van a romper! Y les pasaba la mano por encima una y otra vez nerviosamente, como sacudiéndoles un polvo imaginario y contemplándolos como si estuvieran hechos de la porcelana más fina —seguramente a ella así se lo parecían—. Presentí que de un momento a otro se echaría a llorar y como esa no había sido mi intención al hacerle el regalo, para distraerla le dije:

— ¿Qué te parece si los estrenamos?— le pregunté— ¿Dónde podemos conseguir unos pastelitos aquí en el barrio? ¿Te gustan las empanadas?

— ¿Y a quien no le van a gustar, *siñurita*? —me respondió—. Pero cuestan bien caro, yo no puedo comprarlas. A veces, cuando voy donde don Padilla a comprar mi pan, me da algunas de las que se han roto para que las pruebe. Les echa su limoncito, bien ricas son.

---

[1]   ¡Qué lindo!

—Vamos, Santusa, te voy a invitar una de las que no están rotas. Trae a Wilber, de seguro no le va a venir mal un chocolatito, Deisi, es todavía muy chiquita pero tal vez encontremos una galleta de agua para ella.

Así fue como conocí a mi segundo personaje, el panadero Faustino Padilla.

—Don Padilla, ésta es la *siñurita* Gringa que ha llegado ayer de Lima. Agregando luego como información adicional: dice que va a escribir un libro.

—Mucho gusto, señorita, me llamo Faustino Padilla.

—El gusto es mío, señor Padilla. Yo soy Verónica Olazábal y mi amiga Santusa me dice que usted hace las mejores empanadas del mundo.

Padilla, con una sonrisa amplia y jovial, me contestó de inmediato:

—No sé, puede que no del mundo, pero sí, de seguro, mis empanadas son mejores que todas las que usted pueda encontrar en Cuyum y hasta en Huacho y, si mucho apura, en Lima.

—Bueno, quiero probarlas para dar fe —le dije yo también, divertida por sus autoalabanzas, devolviéndole la sonrisa—. Haga el favor de servirnos una a Santusa y otra a mí y envuélvanos media docena para llevar.

Antes de que atinara a pedirle algo para los niños, vi que Deisi ya estaba chupando con fruición un cono de caramelo durísimo, de esos que se les dan a los niños para que no se vayan a atragantar con un pedazo. Le pregunté a Wilber qué le gustaba y me respondió, «*Cuá-Cuá*», dejándome en la luna porque no sabía que quería decir; pensé que no pronunciaba bien o que me estaba diciendo algo en quechua, pero Padilla soltó una carcajada y le alcanzó una galleta bañada en chocolate que llevaba ese nombre —comprendí que ya le había obsequiado algunas anteriormente—.

Según lo fui conociendo en los días que siguieron, comprobé muchas veces su don de gentes: era el vecino más sociable y conversador del barrio. Todos pasaban por su panadería al menos una vez al día pero casi tan importante como comprar el pan, era enterarse de las novedades. Padilla siempre sabía quién había llegado recientemente al vecindario y quien se había ido, quién había tenido un hijo, quienes se habían comprometido en matrimonio, quién se había «*arrejuntado en servinacuy*»; no había más que preguntarle qué iban a dar en el Teatro Fénix, único cine de Cuyum, y él no sólo conocía el título de la película sino los nombres de los actores principales y el género y calificación de la obra —de este modo los padres sabían si podían llevar a sus hijos o no—.

Pero lo más interesante era enterarse de la última escaramuza entre el cura Ambrosio Huillca y el alcalde Vera Jara. Algún día, uno de ellos acabaría matando al otro. Era un pleito que no tenía fin.

A través del intercambio diario de novedades con su clientela, Faustino Padilla conocía la vida y milagros de todos y cada uno de los vecinos de la localidad de La Esperanza. Su personalidad carismática, su buen juicio y su prudencia, unidos a una innata comprensión de la naturaleza humana, le habían ganado el reconocimiento de los vecinos que acudían a él frecuentemente en busca de consejo. Padilla tenía siempre una palabra amable a flor de labios, una golosina para los niños y un oído invariablemente dispuesto a escuchar cuando alguno de sus amigos estaba en dificultades.

A fuerza de vender panes y pasteles, se había forjado una vida confortable. Su hogar, ubicado al lado de la panadería, era modesto, pero su esposa —, una dama de ascendencia asiática—, lo cuidaba con gran esmero y cariño. Muy aficionada al crochet, cada uno de los artefactos y muebles estaba protegido por un pisito tejido primorosamente por la señora Ida.

Los sólidos muebles, y los artefactos eléctricos entre los que se contaban una inmensa radiola y un gran televisor, ocupaban gran parte de la sala. Las habitaciones eran pequeñas y todo lo que había a la vista parecía más grande de lo que en realidad era. Cruzando el arco que separaba la sala del comedor se distinguía el refrigerador también bastante grande. Conforme pude apreciar después, a medida que fui conociendo otras casas del vecindario, el refrigerador siempre formaba parte del mobiliario del comedor, junto con la mesa, las sillas y el aparador o vitrina. Nunca en la cocina.

En la pared principal de la sala, por su parte, destacaba un gran marco de plata labrada con la foto coloreada de la pareja. Debajo del cuadro, como para resaltarlo, había una mesita sosteniendo un florero de cerámica que siempre contenía un gran ramo de flores frescas.

La pareja, con su esfuerzo y tesón, había conseguido enviar a dos de sus tres hijos a estudiar en Lima. El hijo mayor, Carlos, estudiaba medicina en la Universidad Nacional Mayor de San Marcos y la hija, Rocío, docencia en la Escuela Normal de Mujeres de Lima. Les quedaba en casa sólo Angelita, una adolescente que cursaba el primer año de secundaria y era la engreída de Padilla por ser la menor. Conforme contaba él a menudo, habían pasado diez años desde que su hermana Rocío nació y cuando pensaban que ya no vendrían más hijos se anunció Angelita por lo que la llamaba, cariñosamente, «mi conchito».

Padilla y su mujer eran los anfitriones por excelencia. Su mayor placer era recibir invitados en su casa. Tenían siempre a mano una cantidad inagotable de botellas de «*Guinda de Huaura*», un aguardiente en el que se maceran guindas durante un tiempo lo que le da un sabor muy agradable pero «se sube a la cabeza» inmediatamente. Por esa razón es servido en copas pequeñitas sólo un poco más grandes que un dedal. La señora Ida acostumbraba poner, como acompañamiento, un plato con empanaditas y otros pasteles para ayudar a absorber el alcohol y disminuir en parte sus efectos devastadores.

—Compadre Padilla, saque su guitarra y cántenos unos huaynos —pedía en determinado momento alguno de los asistentes y él, ni corto ni perezoso, se apresuraba a cumplir con el pedido. Arrancaba con alegres canciones:

> *Pollerita, pollerita de mi cholita,*
> *pollerita, pollerita color rosita,*
> *qué bien se canta,*
> *que bien se baila,*
> *con mi charanguito.*

O bien el favorito de la señora Ida:

> *Quisiera ser picaflor*
> *y que tú fueras clavel,*
> *para chuparte la miel*
> *del capullo de tu boca.*

Cuando la guinda iba haciendo su efecto, los huaynos se iban volviendo más y más tristes con la nostalgia provocada por la borrachera que a Padilla, un ser alegre por naturaleza, lo agarraba con fuerza.

> *Cinco noches que lloro por los caminos*
> *Cinco cartas escritas se llevó el viento*

Cinco pañuelos negros son los testigos
De los cinco dolores que llevo dentro
Paloma ausente.

—Ya pues compadre, nos está haciendo llorar, cántese algo más alegre —le decía otro de los invitados, pero a estas alturas el ánimo se había ensombrecido y era hora de partir.

CAPÍTULO 6

Faustino Padilla me presentó a muchas personas y entre ellas a su compadre y amigo del alma, el impresionante Ichiro Fukunaka. Este japonés altísimo, que parecía un samurái de Akira Kurosawa, era pescador de camarones y medía casi dos metros de estatura. En un principio se mostró parco en palabras, aunque me saludó con amabilidad. Al conocerlo un poco más, me fui dando cuenta de que ese era su comportamiento habitual: nunca daba su confianza sin estudiar bien a la persona que recién conocía pero una vez que la otorgaba, se podía contar con él para siempre. Posiblemente su parquedad se debiera a su temperamento oriental, unido a las largas horas que pasaba solitario tendiendo sus trampas en el río, pero lo que sí supe en seguida fue que, desde ese momento, el gigantón estaba seleccionado como mi tercero y muy notorio personaje.

Padilla me había contado, en una ocasión anterior, que Fukunaka estaba casado con una señora morena y de corta estatura, llamada Rosa, muy apreciada y celebrada por todos por la calidad de los anticuchos que preparaba, invariablemente, para las fiestas de la comunidad.

—Escuche Verónica, me decía Padilla: —a lo largo de los años he conocido a mucha gente de diferentes países y he visto que los árabes, los griegos y hasta los mismos japoneses comen pedazos de carne ensartados en palitos, pero no hay uno que se pueda comparar con los anticuchos de mi comadre Rosita. Son como un vicio: cuando uno empieza a comerlos no puede parar pero ella los raciona y solo los prepara para las grandes fiestas: demandan un montón de trabajo. Desde el día anterior deja los trozos de corazón de res macerando en vinagre de vino tinto, con su propia mezcla de condimentos criollos —se dejaría matar antes de compartir su receta secreta con alguien—. El día de la celebración, llena su brasero con carbón y lo deja arder hasta que se pone blanco y solo en ese momento pone los anticuchos en la parrilla. Conforme se van cocinando los va humedeciendo con una panca de choclo mojada en el aderezo, para que salgan bien jugositos. Ella siempre dice que a través de su estómago se ganó el corazón de mi compadre Ichiro. Quizá le haya echado el ojo para hacer anticuchos, porque debe ser bien grandazo como todo él. —Terminaba soltando una de sus estrepitosas carcajadas.

Cuando conocí a doña Rosita y saboreé su comida, comprobé que los elogios de Padilla se habían quedado cortos. Sus antepasados habían sido esclavos en las grandes haciendas y las familias de los patrones les proporcionaban, para que pudieran alimentarse, lo que no consideraban suficientemente bueno para ellos. Las vísceras: corazón, hígado, sesos y tripas no eran dignas de ser servidas en las mesas de los hacendados, así que se las daban a los esclavos y ellos, con su ingenio, crearon exquisitos platos que hasta nuestros días son los que mejor representan la comida criolla; un buen bistec se puede comer en cualquier país del mundo, pero un riñoncito al vino, un caucau, un cebiche o un hígado encebollado, con su sazón especial y característica, sólo en el Perú y doña Rosita llevaba en la sangre la habilidad de sus antecesores para cocinar.

—Negrita, prepárame algo de comer —solicitaba el siempre hambriento gigantón.

— ¿Qué se te antoja hoy, chinito? —le preguntaba ella.

— No sé, algo rápido, me muero de hambre

— ¿Y cuándo no es pascua en diciembre? Le respondía ella —y muerta de risa, con el buen humor que la caracterizaba, se apresuraba a cumplir con los deseos de su marido.

La pareja tenía cuatro hijos, todos varones, ya crecidos y como negocio adicional, Fukunaka montó con ellos, un taller para fabricar esteras, un producto sumamente necesario y de gran demanda entre las personas que, al llegar de la sierra, necesitaban un refugio rápido y barato para albergar a sus familias. Felizmente, el clima en la región es muy benigno, así que las esteras se usan más por privacidad que como abrigo y, sólo en contadas ocasiones, para protegerse de la eventual tormenta de arena del desierto que llega a invadir hasta el último rincón de las casas. El de las esteras, resultó ser un negocio floreciente y rentable que permitía a todos los miembros de la familia ganar el dinero necesario para vivir con comodidad. Para ese entonces, yo había sido admitida en el círculo de los Fukunaka y me habían invitado a comer un par de veces. Conocí a sus hijos y a sus respectivas enamoradas, poco a poco me iba introduciendo en la vida diaria de los pobladores de «La Esperanza».

Ichiro Fukunaka, como creo haber dejado establecido, era un japonés formidable. Su corpulencia resaltaba notablemente si se le comparaba con la del resto de sus vecinos que eran, como casi todos los peruanos, de corta estatura y complexión mediana y resultaba aún más notoria cuando se le veía caminar con doña Rosa, que no pasaba del metro y medio, colgada de su brazo.

Nunca lo vi sin su característico gorro de lana azul con rayas blancas; fumaba mucho, un cigarrillo tras otro. Constantemente estaba aspirando humo y apagando los pitillos en la palma de su mano, a la que la dura labor había hecho crecer un grueso callo que al parecer no lograban traspasar las brasas, porque jamás se le vio hacer un solo gesto de dolor. Al enfrascarse en una conversación, a veces se le olvidaba que ya tenía un cigarrillo encendido y prendía otro que llevaba de repuesto sobre la oreja. Luego, cuando se veía con dos cigarros en la mano, soltaba una de sus risotadas tan características que, empezando con una especie redoble de tambor, terminaban en una explosión que hacia estremecer la habitación donde se encontraba.

Fukunaka era un gran narrador de historias, le gustaba contar a quien quisiera oírlo, de sus épocas juveniles en el Japón y sus anécdotas se podían alargar casi hasta el infinito, porque después de encender uno de sus cigarrillos, el palito del fósforo usado lo volvía a poner en la caja junto con los nuevos y al mezclarse todos, la ardua tarea de buscar uno que no estuviera gastado le proporcionaba la pausa necesaria para hilvanar sus pensamientos y continuar con los relatos de su vida de marinero y de cómo muchos años atrás, al llegar al Callao, conoció a doña Rosita, se enamoró de ella y decidió quedarse a vivir en el Perú. Alternaba la narración de estos sucesos de su juventud con las de sus aventuras más recientes como pescador de camarones, de las cuales había acumulado una gran colección a lo largo de los años.

En efecto, su oficio era muy aventurado. El solo hecho de colocar las nasas en el rio era extremadamente peligroso ya que había que descender por un barranco muy pronunciado; un paso en falso podía significar la muerte, el precipicio estaba casi siempre cubierto por una densa neblina que hacía el descenso doblemente traicionero, pues las rocas en las que buscaba apoyo se tornaban resbaladizas con la humedad y desde el anochecer hasta el amanecer, que eran las horas en las que solía poner sus trampas, la visibilidad era casi nula.

Fukunaka había visto morir estrellados al fondo del abismo a varios de sus camaradas y hasta en ciertas ocasiones, fue capaz de salvar a alguno gracias a su profundo conocimiento del terreno y su extraordinaria fuerza.

—Una vez — nos contaba con su voz de bajo profundo— sostuve a mi compadre Alvarado durante dos horas. Se había quedado colgando de una saliente. Yo lo agarré pero se me resbalaba y sentía que no podría sostenerlo por mucho tiempo más, pues no estaba en buena posición y parecía que los brazos se me iban a salir de los hombros. Tampoco podía subirlo, no tenía suficiente espacio como para echarme boca abajo y que mi cuerpo hiciera contrapeso, nos hubiéramos ido los dos de cabeza al vacio. Se me iba escurriendo poco a poco. Felizmente, mi compadre Oyague escuchó los gritos y cuando se dio cuenta de la situación, corrió a buscar ayuda. Menos mal que pude aguantar hasta que llegó de vuelta con dos compañeros más. Trajeron sogas que le pasamos por debajo de los brazos y entre los tres, poquito a poco, lo levantamos.

Fukunaka, a pesar de su aparente hermetismo oriental para los que no lo conocían, era muy alegre y le gustaba bailar huaynitos, lo que hacía con la gracia y maestría de un nativo. Cuando estaba en vena ni siquiera Padilla, que era ayacuchano y en su juventud fue Danzante de Tijeras, podía vencerlo en un duelo de zapateo.

Aunque su educación era muy rudimentaria, el don de la retórica le brotaba espontáneamente y al contar sus chistes y sempiternas anécdotas siempre les añadía un nuevo detalle y nunca resultaban aburridos. Al poco tiempo de llegar a una reunión, se convertía en el alma de la fiesta. Podía beber una botella entera de Guinda de Huaura, sin mostrar el menor efecto.

CAPÍTULO 7

Se llamaba Toribio Hombre, pero nunca supo si éste era el apellido de su padre. Peor aún, nunca supo siquiera si tenía padre.

En los pequeños pueblos y caseríos de la sierra peruana, cada año se celebran varias fiestas locales, mayormente religiosas, impuestas siglos atrás por los conquistadores españoles. En un principio los indígenas se resistieron a adoptar la nueva religión que adoraba a un solo dios que nadie había visto nunca y era malo y vengativo, pues en su nombre se mataba y quemaba en el infierno a los que no lo conocían ni aceptaban —muy diferente de sus antiguos dioses que estaban a la vista de todos y les daban luz y calor, tierra para sus cultivos y animales para su sustento diario—.

Pero la rebeldía ya les había costado la vida a muchos, así que los descendientes de los Incas, sabiamente, aprendieron a mezclar los nuevos ritos obligados con sus creencias ancestrales, en las que se honraba principalmente, como en muchas otras culturas, al sol —Inti— creador de vida, y a la tierra —Pacha— proveedora del sustento. Su ingenio les hizo crear diversos nuevos rituales para disimular sus imperecederas creencias y seguir rindiendo homenaje a la Madre Tierra, o Pacha Mama, comiendo de sus entrañas, ensalzando su fertilidad y agradeciendo su generosidad. En el idioma quechua, pacha significa tierra y manka, alimento y, literalmente, los diversos tipos de carnes, verduras y tubérculos que alimentan a una gran concurrencia, se asan en un agujero abierto en la tierra y forrado con piedras calentadas al fuego de leña. La Pachamanca, aunque creada miles de años antes, ha seguido siendo usada como inicio de los festejos.

Al terminar la opípara comilona, comienza la parte «foránea» de la festividad. Se inicia con una procesión en la que la imagen de la Virgen o Santo de turno, de peluca previamente desempolvada, cara repintada y a veces flamantemente vestida y adornada, gracias a la donación de los fervientes devotos, es colocada en un anda engalanada con flores y velas para pasearla por las calles del pueblo. Esta es la parte que está a la vista de todos, sobre todo de los turistas que de vez en cuando, buscando lo exótico, caen por alguno de esos pueblos.

Los lugareños, tanto hombres como mujeres, van detrás de la imagen y la banda de músicos que la acompaña, bebiendo aguardiente en abundancia, por lo que, finalizada la procesión, cuando la imagen regresa dando tumbos a su iglesia para ser guardada hasta el próximo año, la borrachera es tal que nadie recuerda lo que ha pasado durante el estupor en que, gracias a los vapores del alcohol, estuvieron sumidos.

Como consecuencia inevitable, nueve meses después de la fiesta nacen numerosos niños con el apellido Cruz, Corpus, Santos, o Reyes, dependiendo en honor de quien haya sido la fiesta, ya que sus madres, al no tener la menor idea de quién es el padre, los inscriben en el Registro Civil con estos apellidos. Las que no quieren usar la evocación religiosa, lo hacen con cualquier otro que consideren apropiado. En el caso de Toribio, todo parece indicar que de lo único que su madre estaba segura era que el responsable de su embarazo había sido un hombre, por lo tanto ése fue el apellido con que lo inscribió: Hombre.

Desde pequeñito, Toribio Hombre demostró ser muy despierto. Había nacido en la localidad de Juliaca, en el departamento de Puno, a más de 3,800 metros sobre el nivel del mar y muy cerca del Lago Titicaca.

A la temprana edad de tres años lo pusieron a trabajar como pastor, cuidando el rebaño de llamas y alpacas de la hacienda donde vivía con su familia. A los diez, tenía bien claro que debía salir de su pueblo para poder liberarse del implacable destino que esperaba a todos los campesinos: cultivar la tierra del patrón para ganar el derecho a vivir en una miserable choza con la familia que eventualmente formarían, vestir prácticamente harapos y comer los alimentos que, por su calidad defectuosa, no podían ser vendidos en el mercado, así que eran vendidos a los peones «a precio de ganga» y por su pobre valor nutritivo iban marcando a sus niños, generación tras generación, con un raquitismo endémico.

La frustración hacía que los pocos soles que ganaban al finalizar la semana, fueran empleados en comprar aguardiente para olvidarse, aunque fuera por unas horas, de su vida sin esperanza ya que la ignorancia en que eran mantenidos no les permitía siquiera soñar con un futuro mejor.

Don Alfredo Ramírez y su esposa Gloria dueños de la hacienda donde vivía Toribio, tenían tres niños en edad escolar. Frecuentemente, sostenían discusiones sobre lo que deberían hacer para educar a sus hijos. El padre era partidario de enviarlos a Lima a vivir con uno de sus familiares, pero la madre se resistía a separarse de ellos aduciendo que todavía eran muy tiernos para mandarlos a vivir con parientes que no conocían, así que adoptando una solución que los satisficiera a ambos, y como algunos de los peones tenían hijos de la misma edad que los suyos, pensaron que sería una buena idea construir una escuelita y abrirla para todos para que, cuando les llegara el momento de asistir a un colegio de la ciudad, sus hijos estuvieran habituados al ambiente escolar.

A los pocos días, cerca de la casa-hacienda se erigía una única aula, equipada con pupitres y pizarrón, un buen número de cuadernos y lápices para ser distribuidos entre los estudiantes, un escritorio para la maestra y un gran globo terráqueo que ocupaba toda una esquina de éste. Para conducirla fue contratada una maestra de Juliaca, la señorita Teresa Pajares.

La mamá de Toribio vio la oportunidad de que su hijo, que siempre demostró una inteligencia poco común, adquiriera una instrucción que lo librara del triste destino que lo esperaba y fue la primera en matricular a su hijo. La señorita Pajares se percató en seguida del potencial de Toribio y, como éste aprendía con más rapidez que los demás, le daba trabajos cada vez más avanzados en lectura, escritura y aritmética. El niño también mostraba un especial interés en conocer más del resto del mundo. Su reducido ambiente, se circunscribía a los alrededores de la hacienda y a una que otra visita ocasional a Juliaca, donde todavía vivían sus abuelos, por lo que empezó a impartirle las primeras nociones de Geografía e Historia del Perú.

Sus abuelos pertenecían a la tribu de los indios Uros y durante la mayor parte de su vida vivieron en medio del Lago Titicaca, en uno de los islotes de totora que constituyen el hábitat natural de esta etnia, pero, a pesar del clima seco de la región, el hecho de vivir rodeados por agua y expuestos a la humedad causada por las evaporaciones del lago, ocasionaron que empezaran a sentir los estragos de la vejez, por lo que decidieron irse a vivir a la ciudad donde, por las facilidades que se ofrecían, podían atender mejor sus crecientes necesidades de salud.

La señorita Pajares le regaló a Toribio una lámina con el mapa político del Perú que él, temeroso de mancharlo o desgastarlo con el uso, forró cuidadosamente con papel celofán. El mapa era muy colorido y Toribio considerándolo su tesoro más preciado desde el primer momento, se dedicó a estudiarlo con fervor. Lo hacía día y noche, en cada momento que tenía libre. Admiró la majestuosidad de los Andes, pero pronto se dio cuenta de su inaccesibilidad, explicándose por qué muchas de las personas que conocía nacían, vivían y morían en el mismo sitio y en el mismo estado de pobreza e ignorancia. La grandeza de la Selva Amazónica lo deslumbró y le entraron grandes deseos de visitarla y conocer su inmensidad verde, pero también consideró su aislamiento de la civilización y pronto llegó a la conclusión de que si quería prosperar debía bajar a la costa, donde estaban las grandes ciudades que tenían acceso al mar y por consiguiente, se sostenía un intercambio comercial con todo el mundo lo que significaba un adelanto que aventajaba en muchos años al de las otras regiones.

Cuando cumplió los quince años, Toribio había decidido su destino y una mañana, cercano ya a cumplir los dieciséis, se despidió de su madre y hermanos y con apenas la ropa que llevaba puesta, un poncho que le servía de abrigo contra el helado viento de la cordillera durante el día y de cama durante la noche y llevando el pequeño atado con un poco de pan indio, queso fresco de cabra, unas tiras de charqui, un puñado de habas y otro de mote, para alimentarse durante las primeras jornadas que lo esperaban en su viaje a la capital, salió en busca de la carretera, donde esperaba tener la suerte de encontrar un camión que lo transportara, aunque sólo fuera hasta el próximo pueblo, acortando así un trecho de su largo camino.

Después de algunas horas esperando al borde de la pista, el chofer de un camión cargado con verduras lo recogió. Durante el trayecto Toribio lo puso al tanto de sus intenciones y el camionero, un hombre de buen corazón, le prometió hablar con sus compañeros y conseguirle transporte hasta Arequipa. De ahí en adelante ya no tenía conocidos que pudieran ayudarlo y le aconsejó que, si quería llegar a cumplir su meta, se trazara un programa de pascanas, de varios días por vez, en las que pudiera conseguir algún trabajo para sustentarse. De otro modo, no iba a sobrevivir los largos días y quizás meses que iba a demorar en llegar a la costa y a la soñada capital, Lima.

Pero su viaje no tomó días ni meses. Pasarían dos interminables años de increíbles vicisitudes, antes de que Toribio pisara finalmente los arenales de la costa peruana.

Unas veces le fue posible conseguir trabajo como jornalero en las diversas haciendas por las que pasaba, ya que tenía experiencia en las labores agrícolas y de pastoreo, pero cuando no conseguía este tipo de ocupación, la búsqueda se le hacía más dura y no le quedaba más remedio que visitar los pueblos cercanos en busca de un quehacer que le permitiera ganar unos soles para proseguir su camino. En una de esas ocasiones, encontró una pastelería que exhibía en la vidriera un aviso solicitando vendedores.

—Buenos días —se presentó—. Estoy interesado en el trabajo. ¿Qué es lo que tengo que hacer y cuánto pagan? —le preguntó al dueño, a quien le hizo gracia la forma directa en que hizo su pregunta, pues demostraba que no era tonto.

—Bueno —le dijo el dueño—, dos veces al día te voy a dar una bandeja con pastelitos, empanadas, galletas y dulces, para que vayas a la plaza, a la salida de los colegios o a las oficinas, donde mejor te parezca, eso depende de ti que vas a juzgar dónde haces mejor negocio. Luego, de la venta que hagas, te doy diez por ciento. ¿Te conviene?

Toribio rápidamente sacó sus cuentas y concluyó que si vendía veinte soles cada día iba a tener dos soles para sus gastos, lo que en esos lugares era suficiente para comer decentemente y alquilar una cama donde dormir, por consiguiente aceptó y muy contento partió, con la bandeja sobre su cabeza, a vender su mercancía. Como era listo y simpático, en una hora había vendido todo lo que le dieron y volvió a la tienda por más.

—No, le dijo su jefe, este negocio funciona por horas ya no vas a vender mucho más y los pasteles se van a enfriar. Vuelve a las cuatro de la tarde y te daré otra bandeja.

Toribio trabajó con empeño por espacio de diez días, en los que ganó comisiones más altas de lo que había esperado y hasta logró ahorrar diez soles, que le iban a servir para el próximo tramo de su viaje. Así que agradecido, se despidió de su empleador y retomó su camino.

En el siguiente pueblo que visitó, encontró trabajo de «planchador» de automóviles en un taller de mecánica. El dueño del taller lo proveyó de un mazo y una «plana» de metal, .para «planchar» los automóviles que se habían visto envueltos en un accidente. Su tarea era simple: reparar las partes abolladas de las carrocerías y dejarlas lisas para que el «masillador» y el pintor terminaran el trabajo haciéndolas lucir como nuevas, pero Toribio nunca había hecho nada por el estilo y fue despedido a los dos días por su falta de habilidad. No le importó. Estos trabajos temporales representaban sólo el medio para avanzar en su camino hacia la meta que se había trazado.

Como era conversador por naturaleza, fue haciendo amigos en cada lugar por el que pasaba y en ciertas ocasiones en las que la situación se puso particularmente difícil, recibió invitaciones para pasar una o varias noches en las precarias habitaciones de sus recientemente adquiridos amigos, que siempre estaban más que dispuestos a compartir con él lo poco, casi nada, que tenían.

Uno de estos ocasionales amigos fue Walter Chuquitaype, quien le ofreció un lugar para dormir en una estrambótica edificación de latas y cartones que había alquilado junto con otros dos compañeros de trabajo y a la que presuntuosamente llamaban cabaña. Contaba, como se acostumbra en la sierra, con una plancha de calamina a manera de techo para protegerse de las fuertes lluvias, nevadas y granizo que son frecuentes en el severo clima. Las «paredes interiores» también siguiendo una costumbre muy popular, estaban empapeladas con periódicos viejos y contaba además, para evitar las filtraciones de la lluvia, con un «cielo raso» constituido por una pieza de hule que alguna vez fue blanca pero que para ese entonces ostentaba un sospechoso moteado sobre las incontables manchas de humedad.

La morada estaba localizada en las cercanías de un botadero donde iba a parar la basura de todo el pueblo. No era extraño pues que, cuando empezaba a anochecer, más o menos a la hora en que ellos llegaban del trabajo, también llegaran primero decenas, luego cientos y finalmente miles de moscas que cubrían cada milímetro de «cielo raso» hasta convertirlo en un dosel tan negro como el de un salón de pompas fúnebres. Este fenómeno se repetía diariamente y los amigos se acostumbraron a verlo como algo completamente normal. Nadie perturbaba a nadie. Cansados por el trabajo duro, los hombres dormían y las moscas también.

Llegado el momento de despedirse de estos amigos, Toribio prosiguió con su viaje. Mientras estaba en camino no había problema, porque dormía sobre la carga del mismo camión que lo transportaba. Pero cuando llegaba a los pueblos, encontrar alojamiento se volvía especialmente peliagudo. A veces, cuando se lo permitían, dormía en la estación del tren. Otras, si el clima era lo suficientemente benigno, en la banca de un parque. Muy de vez en cuando la suerte le sonreía y dormía en una cama.

Un día se le ocurrió que un trabajo que podía desempeñar, en todas las paradas que hacían los camiones en los que viajaba, era precisamente el de estibador, ya que los vehículos necesitaban ser descargados y la mercadería depositada en los almacenes de los mercados. Vagaba un poco desorientado por el mercado en busca de la oficina de administración cuando escuchó a alguien decir en voz alta:

— ¡Toribio Hombre!

Al voltear, vio a Pedrito, el amigo del alma de su niñez, al que no veía desde hacía mucho tiempo.

— ¡Pedrito! ¿Qué haces aquí? ¿Cómo estás? ¡Hace mucho tiempo que no nos vemos! —y lo abrazó entusiasmado. Correspondiendo a su efusividad, Pedrito también lo abrazó emocionado y, contestando una a una las preguntas que se amontonaban en la boca de Toribio, le informó:

—Llevo dos años trabajando en este pueblo como vendedor a domicilio. Como verás estamos muy cerca del centro de Arequipa, pero a las familias que viven por aquí no les es fácil abandonar sus tareas. Generalmente las amas de casa, entre sus labores en el campo y la atención de sus familias, no cuentan con tiempo suficiente para bajar al pueblo, yo voy de casa en casa tomando pedidos, luego compro los encargos y les llevo las frazadas, ropas o utensilios que necesitan hasta sus casas. A veces me hacen encargos especiales y yo siempre les consigo lo que me piden. La verdad, me va muy bien con mi negocio. No gano un montón de dinero, pero me da lo suficiente para vivir y hasta para ahorrar un poco. Mi sueño es algún día mudarme al Cuzco y poner un negocio para turistas. Eso sí da plata. Pagan en dólares y se reciben propinas que al final doblan la ganancia. Todavía no sé si voy a poner un restaurante o una peña para presentar espectáculos folclóricos. Todo depende del dinero que logre juntar.

Pero... ¡que hacemos parados aquí, hombre! Debes tener hambre y frío después de viajar por la puna. La señora Juanita hace un rocoto relleno de chuparse los dedos. Vamos, te invito un plato para que conozcas la comida arequipeña. También prepara una riquísima sopa típica arequipeña con carne de res, chalona, o cecina de carnero, chuño y frejoles que se llama pebre. Te voy a invitar las dos cosas para que las pruebes. Ya verás cómo se te calienta la tripa en un momento. ¿Ya tienes alojamiento? —le preguntó a renglón seguido.

—No —respondió Toribio—, acabo de llegar y precisamente estaba buscando al administrador del mercado para solicitar trabajo como descargador.

—Yo te acompaño a la oficina. Ahí me conocen. Puedes venir a dormir a mi casa y quedarte todo el tiempo que quieras, así nos ponemos al día en todo lo que nos ha pasado desde que dejamos de vernos.

Toribio aceptó ambos ofrecimientos, con mucho gusto. La idea de la sopa era tentadora, los olores que emanaban de los puestos de comida le habían abierto el apetito y, como ya se estaba quedando sin dinero, sus posibilidades de encontrar alojamiento eran muy escasas por el momento.

La vivienda de Pedro, comparada con la de las moscas, resultaba un palacete. Pedro Quispe vivía a la entrada de la ciudad de Arequipa, en el distrito de Tiabaya, en una casa de vecindad compartida por muchas familias. El cuarto que le había tocado en suerte parecía haber sido parte de la cocina de una casona solariega que muchos años atrás había sido la vivienda de una sola familia, pero con los años y la necesidad de sus recientes y empobrecidos propietarios había sido tugurizada y convertida en el domicilio de muchas personas de escasos recursos. Junto a la puerta de entrada, había un lavatorio rudimentario con el caño de agua prácticamente inservible, pues aparte del goteo persistente y exasperante que caía día y noche, no se le podía extraer una cantidad de agua decente ni para lavarse las manos. A pocos centímetros del lavatorio se hallaba la única pieza de mobiliario: una cama angosta y desvencijada que Pedro, generosamente, estaba dispuesto a compartir con Toribio. Uno dormiría a la cabecera y el otro a los pies de la cama. Parecía el arreglo ideal, porque por el ancho de ésta no podían dormir los dos acostados paralelamente.

Pedro Quispe era realmente un buen amigo, pero tenía un solo defecto: el olor de sus pies que al final de un largo día de estar encerrados en los toscos zapatos, era inaguantable. Cuando se quitaba las medias para acostarse, las tiraba contra la pared donde quedaban pegadas lanzando sus hediondas emanaciones, durante toda la noche, directamente a las narices de Toribio.

No disponiendo de los medios necesarios para un aseo apropiado, pues el único cuarto de baño del conventillo era compartido por todos los demás inquilinos, la atmosfera se enrarecía cada vez más y el aire en el cuarto se tornaba irrespirable.

Después de una semana, Toribio se despidió de su amigo con un abrazo deseándole mucha suerte en su proyecto y reiterándole una vez más su profundo agradecimiento. En su fuero interno, no solo agradecía el gesto fraternal de Pedro, también era grato saber que no tendría que volver a pasar nunca más por la tortura de oler sus pies.

CAPÍTULO 8

Cuando vio por primera vez el mar, Toribio experimentó una de las emociones más grandes de su vida. Él había nacido a orillas del Lago Titicaca, que a sus ojos parecía tan grande como el océano que estaba ahora contemplando, ya que en ambos, hasta donde alcanzaba la vista en el horizonte, solo se podía ver agua, pero ahí acababa la similitud. Nada era comparable con el rumor del fuerte oleaje del Puerto de Mollendo y la humedad que aquél levantaba hasta lo alto del acantilado, transportando el aroma del mar hasta las fosas nasales de Toribio que respirando a pleno pulmón y percibiendo, también por primera vez, el sabor de la sal de la brisa marina en sus labios, permaneció un largo rato profundamente impresionado.

A partir de Mollendo el camino se tornó más fácil. Bordeando la costa por la Carretera Panamericana, moderna y con pistas bien asfaltadas, los camiones se deslizaban en vez de dar tumbos como en los accidentados caminos de la sierra. Toribio no se cansaba de mirar el mar y sus cambiantes estados: por trechos se mostraba embravecido, mostrando un color marrón grisáceo y gigantescas y sobrecogedoras olas que producían un ruido ensordecedor; en otros tramos se mantenía calmo y silencioso, adquiriendo un hermoso color turquesa que reflejaba el azul del cielo. Los atardeceres y amaneceres también eran muy distintos a los que él conocía.

Observó según seguían avanzando que los colores, las temperaturas y hasta la forma de hablar de la gente, eran diferentes. Muchos de los animales y las plantas le eran desconocidos. Los diversos transportistas que le tocaron en suerte lo iban ilustrando acerca de las características y costumbres de los lugares por los que pasaban. Así pudo enterarse de la existencia de las líneas de Nazca y de las leyendas que se tejen alrededor de su presencia.

—«Sólo se pueden apreciar desde el aire —le dijo su amigo de turno, Miguel, al parecer un ferviente aficionado a la arqueología. Aunque hay un mirador en forma de plataforma elevada no se puede apreciar mucho desde esa pequeña altura, pero hay unas avionetas, en las que ojalá alguna vez puedas volar, que hacen recorridos sobre el lugar para que sus pasajeros puedan distinguir las diferentes figuras: las hay de monos, colibríes, arañas, perros, caracoles, ¡hasta un astronauta! Todo entre líneas muy rectas que se cruzan entre sí, como las pistas de los aeropuertos. De allí nace la especulación de que las líneas fueron hechas por extraterrestres, como aeropuertos para sus naves.

Es para pensar, ¿no te parece? ¿Cómo personas que no podían volar fueron capaces de dibujar esas figuras tan grandes que sólo podrían verse desde el aire? ¿Para que las viera quién? Si ni siquiera conocían la rueda, ¿para qué iban a hacer esos caminos? Ellos vivieron hace casi dos mil años, quinientos o seiscientos años antes que los Incas, y las líneas que trazaron en el desierto todavía son visibles; no se borran ni con las «paracas», que es como llamamos aquí a las tormentas de arena.

— ¿Cómo hicieron las líneas? —preguntó Toribio.

—Nadie lo sabe —le respondió Miguel—. Aunque parece que excavaban pequeñas zanjas que luego rellenaban con una especie de barro o arcilla tan resistente que todavía son visibles. Aquí vive una anciana señorita alemana, se llama María Reiche. Es muy respetada en esta zona pues ha dedicado toda su vida a estudiar las líneas y protegerlas de lo único que puede destruirlas: el hombre moderno y su ambición e ignorancia desmedidas».

El último tramo del viaje de Toribio, cuando ya creía que iba a llegar sin novedad a Lima, fue señalado por una experiencia en la que nunca imaginó participar.

Al llegar a Ica se encontró con una inmensa marcha de protesta de mineros que, bajando desde diferentes asientos de la sierra, iban a Lima acompañados por sus familiares en una gran marcha de sacrificio para presentar, como cada año, sus reclamos al gobierno por las malas condiciones de trabajo y los bajos salarios que percibían de las transnacionales dueñas de las minas. La manifestación bloqueaba el tráfico, por lo que el camionero optó por una ruta diferente y Toribio tuvo que abandonar el transporte. Para no perder tiempo ni viajar solo, pues no conocía el camino y temía perderse, le pareció una buena idea unirse a la manifestación.

Fuera de los gritos y lemas de protesta de los mineros y uno que otro desmayo de sus esposas o hijos debido a la deshidratación o el agotamiento, no se produjeron mayores incidentes hasta que casi llegaron a las puertas de Lima. Allí los esperaba apostada la policía, premunida con bombas de gases lacrimógenos y camiones equipados con cañones de agua, llamados popularmente «*Rochabuses*».

Los mineros, mejor preparados por experiencias previas, llevaban consigo trapos que humedecían y con los que se cubrían la parte inferior de la cara para minimizar los efectos del gas, pero Toribio no sabía nada de esto y de un momento a otro, se sintió morir con un ardor intolerable en los ojos, nariz y garganta. La abundancia de lágrimas le impedía ver lo que sucedía a su alrededor y además sentía una dificultad tremenda para respirar sin saber qué se la producía. Mientras luchaba por inhalar una bocanada de aire, lo golpeó un poderoso chorro de agua que le hizo perder el equilibrio y caer al suelo, lo que en cierto sentido le resultó beneficioso porque estando pegado al piso pudo, por fin, encontrar un poco del aire que buscaba con tanta angustia.

También por su inexperiencia, fue de los primeros en ser detenido. La primera noche en su soñada Lima la pasó en un calabozo de la policía donde, a punta de golpes, trataron de hacerle confesar actos que no podía admitir porque no entendía de qué estaba siendo acusado. Tenía a su favor que conocía bien el castellano —la mayoría de los que fueron encarcelados con él solo hablaban quechua y ante la imposibilidad de defenderse en un idioma que no entendían, permanecerían en el calabozo por tiempo indefinido—.

Cerca del amanecer, Toribio finalmente pudo demostrar su inocencia. No pertenecía a ninguna mina ni tenía filiación política alguna, fue solamente una cuestión de mala suerte el encontrarse en un lugar inconveniente a la hora en que la marcha pasaba.

La violencia, de la que fue testigo y en cierta forma experimentó en carne propia, lo hizo recapacitar sobre la validez de sus sueños de irse a vivir a la capital. Su espíritu aventurero no estaba encaminado a este tipo de extremos. Él quería mejorar su existencia, no complicársela más. Además, durante su caminata con los mineros, éstos le habían informado de la clase de vida que les espera a los inmigrantes de la sierra en la ciudad y no le había gustado lo que escuchó. El no había dejado todo lo que le era familiar y querido, para tener que vivir en peores condiciones.

Hablando con uno y otro, conoció a Saturnino. El minero era un hombre cordial, aunque se le veía vencido por la adversidad. Por boca de él fue que Toribio se enteró de la existencia de un lugar

llamado La Esperanza, cerca de la pequeña ciudad de Cuyum, a
pocos kilómetros al norte de Lima, donde vivía su hermano Iskay,
con su mujer, Santusa, y los dos hijos de la pareja, Wilber y Deisi.

—Verás—le dijo Saturnino —, «yo nunca tuve una oportunidad.
Era muy jovencito cuando llegó a mi pueblo el «Caimán», así le
decían al camión del ejército, metiéndonos mucho miedo. Entró
haciendo gran escándalo y a todos los jóvenes que veían los detenían
sin preguntar ni la edad. Nos levó a mí y a todos mis amigos para
el servicio militar obligatorio. Antes de que nos diéramos cuenta ya
estábamos en el cuartel. Ahí nos dieron una frazada, un plato, una
cuchara y un jarro de metal, y nos asignaron nuestras tarimas para
dormir. Luego nos llevaron a una oficina donde tomaron nuestros
datos; nos preguntaron el nombre, la edad, lugar de residencia,
nos hicieron estampar nuestras huellas digitales en un papel y nos
tomaron una foto de frente y otra de perfil. De ahí pasamos a otro
cuarto, donde el sargento nos dijo que nos desnudáramos y nos
ducháramos. 'Cholos cochinos, —así nos llamó, aunque él era tan
cholo como nosotros—aquí tienen una barra de jabón carbólico
para que se 'desinfecten' y se 'despiojen' antes de ponerse el sagrado
uniforme de la patria'. Después nos dieron un par de botas. Ya
éramos soldados al servicio de la patria, eso nos dijeron y no nos
dejaron salir en dos años. La comida que nos daban —es llamada
rancho — era muy mala, siempre frejoles, a veces con unas hilachas
de carne de carnero: más que nada, hueso y sebo. De vez en cuando
nos daban una naranja. El desayuno era peor: 'quáker' aguado, casi
líquido, y muy pocas veces un pan.

— ¿Cómo hiciste para salir del ejército? Le preguntó Toribio

—Después de los dos años de servicio militar obligatorio, serví
como soldado varios años más en Huancayo, pero me enfermé y
fui dado de baja. Así fue como me vi, por necesidad y sin buscarla,

envuelto en la actividad minera de la que cada vez me era más difícil escapar porque tenía muchas bocas que alimentar. Como todos los mineros, vivo con mi familia en condiciones infrahumanas de pobreza. Por eso organizamos cada año las marchas de sacrificio a Lima, pero ningún gobierno nos escucha. No les interesa, porque las grandes empresas mineras les llenan los bolsillos para que les permitan seguir explotándonos y envenenando a nuestros hijos. Nos meten palo, agua y gas lacrimógeno y al final regresamos con el rabo entre las piernas, como se dice.

La empresa nos proporciona unas viviendas miserables a las que llaman 'chalets', para que vivamos con nuestras familias, pero no son casas, son un solo cuarto compuesto por cuatro paredes de adobe, con puerta de lata que si tenemos suerte, encaja bien. Hay solamente una ventana que cubrimos con un trapo para tratar de contener el frío. El techo es una plancha de calamina sujeta por grandes rocas para que no se vuele con los vientos que soplan, no te olvides que vivimos a 3,750 metros de altura. Las «casitas» parecen hornos en el verano y refrigeradores en el invierno, cuando la nieve y los vientos se cuelan por las rendijas y entra un frio horrible que tratamos de contener rellenándolas con periódicos viejos y durmiendo apretados unos con otros para calentarnos un poco. No vayas a pensar que nos dan estas casas en un acto de bondad, es otra maniobra de sujeción para tenernos a su disposición las veinticuatro horas del día, siete días a la semana. Si se produce algún derrumbe o cualquier accidente, todos tenemos que poner el hombro, aunque sea en la mitad de la noche.

La polución es enorme. La gran riqueza que La Oroya contiene en sus entrañas es también su peor maldición pues ahí existe una fundición que produce una contaminación ambiental, que está considerada entre las más altas del mundo, por lo que no sólo los mineros tenemos los pulmones corroídos por la silicosis: también nuestras familias y en especial los niños son envenenados cada día por los humos altamente tóxicos de la chimenea y por los relaves de las minas que emponzoñan los ríos con plomo y otros metales, por eso en nuestras comunidades continuamente nacen niños con defectos y nuestra esperanza de vida es, cuando mucho, de treinta y cinco años. Yo tengo treinta y dos y como me ves, parezco un anciano. Hace unos años fui nombrado dirigente sindical, porque en el ejército aprendí a leer, escribir y a hacer cuentas, lo que he aprovechado para adquirir algunos conocimientos, pero no por eso gano un centavo más. Por el contrario, cada vez que se produce alguna protesta, me meten preso por agitador».

Yo ya estoy viejo y cansado y con muchas personas a mi cargo, pero tú estás joven y soltero, puedes hacerte un porvenir en Cuyum. Es una ciudad muy progresista que tiene un intenso comercio con la sierra. Hay muchas oportunidades ahí; está cerca de mi pueblo, San Juan de Chauca, y quizás hasta encuentres una muchacha que te guste lo suficiente como para casarte con ella. Las mujeres de mi pueblo, son muy bonitas, trabajadoras y buenas.

Te voy a contar una historia que nunca he contado a nadie, para que te convenzas de que esta vida no es para ti:

«Jacoba y yo ya teníamos ocho hijos y aunque entre los dos hacíamos lo imposible por mantener a nuestra familia, cada año nos nacía un nuevo bebé y la vida en nuestra pequeña casita se tornaba cada día más insostenible. No había esperanza. Nuestra hija mayor, Juliana, había cumplido 13 años y su única perspectiva para el futuro consistía en casarse con otro minero para comenzar a su vez su ciclo de producción de hijos tan pobres y tan enfermos como los de los demás.

Los ingresos que juntábamos entre los dos nunca alcanzaban. La desnutrición y la cantidad de plomo acumulada en su sangre estaban consumiendo a nuestros hijos, así perdimos a dos de ellos. Jacoba preparaba comida, tempranito en la mañana, que luego vendía a los mineros solteros que no tienen quien les cocine y yo le había construido una carretilla con pedazos de bicicletas viejas y una plataforma de madera, para que llevara las ollas y los platos. Le coloqué, junto al manubrio, una jaba de madera que conseguí en el mercado para que pudiera llevar al bebé de turno y ella lo envolvía en una manta y lo acomodaba para poder amamantarlo durante las horas que pasaba fuera.

Con la comida que se quedaba sin vender alimentábamos al resto de nuestros hijos y, aunque nunca quedaban satisfechos, por lo menos recibían en sus estómagos una comida caliente al día. Llegó el momento en que nuestra situación era aun más asfixiante que el humo de las chimeneas de la fundición y Jacoba me dijo un día:

—Saturnino, ya es hora de que la Juliana empiece a ayudarnos. Yo ya me siento muy cansada con tantos hijos y tanto trabajo y tu tampoco puedes hacer mas, ¿qué te parece si la llevas a Lima y la empleas en la casa de una familia decente? De esa manera nos podría mandar algo de platita cada mes y viviríamos un poco mas desahogados.

—Tienes razón mujer le respondí. De ese modo quizás ella pueda lograr por sí misma lo que no hemos podido darle nosotros.

— ¡No! ¡Por favor, papá, no me lleves a Lima! No conozco a nadie en la capital, me voy a morir sin poder verlos a ustedes y a mis hermanos —me suplicó mi hija— pero yo me mostré inflexible y le dije que su madre y yo habíamos tomado esa decisión y que se preparara para partir.

Pedí permiso, por unos días, en mi trabajo y una mañana temprano partí hacia Lima con Juliana. No podía saber, cuando la dejé, en la casa de una familia que parecía respetable, que en poco tiempo la perdería. Lo primero que le solicité a la dueña de casa, fue que no la dejara salir más que para estudiar en las tardes y que yo regresaría a Lima cada dos o tres meses para cobrar sus sueldos, sacarla a pasear y comprarle lo que necesitara.

Al principio el acuerdo funcionó perfectamente. Mi hija era inteligente y estaba llena de curiosidad por aprender. Cumplía muy bien con su trabajo y empezó a asistir a una escuela cercana a la casa, donde ávidamente iba absorbiendo conocimientos que antes no tuvo la oportunidad de adquirir.

Parecía que finalmente iba a ser capaz de romper el círculo hija-esposa-madre de minero, para vivir una vida más digna y satisfactoria.

A los tres meses, volví, tal como había prometido y con mucha satisfacción vi que mi hija había prosperado en todos los sentidos, había crecido, ganado algo de peso, se le habían llenado las mejillas y con ojos brillantes me puso al tanto de sus progresos en la escuela.

A pesar de solicitarlo repetidas veces, pasaron otros cuatro meses antes de que lograra un nuevo permiso para poder regresar a Lima. Toqué el timbre y me abrió la puerta de la casa una persona desconocida que nunca había oído hablar ni de la familia que antes vivió ahí ni mucho menos de Juliana y, ante mi desesperación de padre, que ella tomó como síntoma de locura, me amenazó con llamar a la policía y me cerró la puerta en la cara.

Hice todo lo que pude —que no era mucho dados mi falta de recursos y mi desconocimiento de la vida en Lima— por más que indagué entre las sirvientas de las casas vecinas, no logré una sola pista del paradero de Juliana. No abrigaba ninguna esperanza cuando acudí a la policía como último recurso. En mis encontrones como dirigente sindical con las fuerzas del orden, había aprendido que lo mejor era mantenerme lo más lejos posible de ellas y como era de suponer, no encontré ni un atisbo de interés por mi caso; no tenía plata para las coimas. Cuando ya llevaba varios días sin comer ni dormir y temiendo perder también mi empleo, no me quedó más remedio que regresar a La Oroya. Nunca le conté la verdad a Jacoba. Solo le dije que Juliana estaba muy ocupada y que entre sus estudios y su trabajo, no sabía cuándo podría visitarnos. Pasaron varios años y Jacoba empezó a pensar que nuestra hija era una ingrata mal agradecida que ni siquiera nos mandaba algo de lo que ganaba para ayudarnos. Yo no la saqué de su error y con el tiempo la borró de su memoria. El dolor que hasta ahora siento y el sentido de culpabilidad son dos cosas de las que no me podré desprender jamás».

Toribio quedó muy impresionado por la historia de Saturnino. Aquella primera noche pasada en la prisión, dos o tres días más entre el caótico tráfico de la ciudad, y la imposibilidad de encontrar trabajo o alojamiento, lo convencieron de buscar un lugar más acogedor para el inicio de su vida en la costa. De ninguna manera quería correr una suerte semejante a la de su amigo el minero y, decidiendo seguir su consejo, siguió viaje al norte y pronto llegó a Cuyum, donde fue acogido por la gente de La Esperanza como se recibe a un amigo de toda la vida. Iskay estaba encantado de tener noticias de su hermano Saturnino y no se cansaba de hacerle preguntas. Las respuestas que le daba eran suavizadas o evadidas hábilmente por Toribio, porque no quería hacerle daño al informarle de lo mal que estaba su hermano. Iskay, de inmediato, lo llevó donde Fukunaka para comprar unas esteras y construir una choza contigua a la suya.

Una vez que la choza estuvo levantada, Iskay le dijo:

—Mañana te llevo a Cuyum allí, con lo que sabes, puedes conseguir un trabajo mejor pagado que el mío en la hacienda.

—Gracias, Iskay. ¡Qué suerte tuve al encontrar a Saturnino, de otro modo nunca hubiera venido a La Esperanza ni te hubiera conocido!

Al siguiente día, los dos nuevos amigos caminaron la corta distancia a Cuyum y, al pasar por la estación de servicio, vieron un aviso solicitando ayuda. Ni corto ni perezoso, Toribio entró y solicitó el empleo. El encargado, eternamente abrumado por el exceso de trabajo, vio su salvación cuando este joven de mirada inteligente le dijo que podía llevar la contabilidad, además de despachar la gasolina, el kerosene o el gas, lo que fuera necesario. Ese mismo día Toribio empezó a labrar su porvenir.

No había cumplido aún un mes en el trabajo y ya se había convertido en la mano derecha del encargado de la gasolinera. No solamente eso, estaba lleno de ideas para mejorar el servicio, aumentando así las ganancias de su empleador y se las fue planteando poco a poco, asegurándose con ello de que su participación también fuera reconocida y recompensada.

La primera reforma que le propuso a su jefe fue preparar unas cajas-loncheras para vendérselas a los camioneros y demás comerciantes que, al dejar Cuyum, tenían largas horas de viaje por delante sin un solo tambo en el camino donde comprar algo de comer.

En la papelería encargaron cincuenta cajas de unos veinte centímetros de largo por quince de ancho y diez de alto. Pensaban probar suerte calculando que iban a vender unas cinco o seis al día al principio; después verían la cantidad que iban a necesitar si tenían éxito. Les prometieron entregarles las cajas una semana más tarde.

Mientras tanto, fueron donde Padilla y le hablaron de ordenar diariamente diez panes grandes, especialmente hechos para ellos.

El panadero aceptó gustoso, ya que le gustaba ayudar a la gente emprendedora y si, además, obtenía alguna ganancia extra, tanto mejor.

En el mercado compraron naranjas, manzanas y botellas de gaseosas. Donde el *"Italiano"*, —había vivido treinta años en Cuyum y atendido a por lo menos tres generaciones en su bodega sin que nadie conociera su verdadero nombre— adquirieron queso, jamón y mantequilla y provistos con los insumos necesarios, volvieron a la gasolinera ansiosos de inicio a su negocio: a cada caja le pusieron dentro un buen sándwich, una botella de gaseosa y una fruta.

El costo, contando la caja, la bolsa de plástico para el sándwich, la servilleta de papel y la botella de cola, era de dos soles y ellos decidieron venderlas a tres, ganando un sol por su trabajo de hacer las compras y preparar las loncheras. El primer día prepararon diez y las vendieron todas. Ese mismo día ordenaron más cajas para no quedarse sin materiales. Toribio volvió contentísimo a su casa. Con su idea le había agregado a su salario, que era bastante bueno para la zona, cincuenta centavos por cada lonchera y eso podía sumar una bonita cantidad al final del mes.

Desde su llegada a La Esperanza, Santusa e Iskay lo adoptaron como un miembro más de su familia y acordaron que comería con ellos todas las tardes, pagándoles una justa retribución por el alimento que recibía y el lavado de su ropa que también correría a cargo de Santusa.

—No saben lo contento que estoy de haberlos encontrado, les repetía todos los días. Viniendo de una familia numerosa, en la que todos hablan a la vez, el silencio me puede volver loco, no tener con quien hablar y contar mis cosas buenas y malas es terrible. Yo les agradezco toda la compañía y el afecto que me dan, me parece haberlos conocido de toda la vida y considero a Deisi y Wilber como mis sobrinos, los quiero mucho a todos ustedes. No hay nada peor que sentirse solo.

Santusa también estaba muy contenta con la llegada de este joven que les contaba tantas anécdotas de su niñez y las peripecias sufridas durante su largo viaje desde el Titicaca. Le simpatizó desde el primer momento y ahora que lo conocía bien y le había tomado cariño, deseaba que Toribio encontrara una compañera y la llevara a vivir con él. Así ella también ganaría una amiga.

CAPÍTULO 9

Don Hilario Panta había sido el empleado ideal para la familia de hacendados para la que trabajaba. Comenzó en su juventud como mayordomo de la casa y luego como capataz de la hacienda productora de naranjas más importante del Perú. En las dos posiciones cumplió, muchas veces más allá de su deber, sin que se le pudiera poner una tacha. A pulso se ganó la estimación de sus empleadores que, por su gran eficiencia y honradez llegaron a confiar en él a ojos cerrados, durante los más de treinta y cinco años en que les prestó sus servicios.

Para don Hilario los frutos de su lealtad resultaron como las naranjas que con tanto celo cuidó: jugosos y dulces. A la hora de retirarse, los que fueron sus jefes no escatimaron en otorgarle una generosa pensión que le permitiera vivir los años de su vejez con comodidad y tranquilidad económica.

Desde muy joven conoció y se enamoró de Luzmila, una dulce jovencita a la que, después de muchos años, convertiría en su esposa, Hilario se había propuesto no formar una familia hasta forjarse una situación económica que le permitiera mantenerla con cierta holgura y, aprovechando su juventud, trabajó muy duro para cumplir con las metas que se había propuesto: la primera era construir una buena casa y la segunda equiparla con todo lo necesario para vivir cómodamente, decisión que algunas veces lamentó porque cuando finalmente logró sus objetivos y resolvió casarse, a los dos se les había pasado la mayor parte de la juventud.

Marcos o Marquitos, como le llamaban cariñosamente sus padres, vino a completar la familia en las postrimerías de la capacidad reproductiva de su madre. La señora Luzmila, que ya se había resignado a no tener hijos, dio a luz a la edad en que casi todas las mujeres ya son o están por ser abuelas. Como consecuencia, Marcos era, sin duda, el niño mas mimado del barrio. No solo vivía en la mejor casa sino que, siendo su único hijo, la pareja se desvivía por satisfacer hasta el menor de sus deseos. Apenas aparecía un nuevo juguete en el mercado, era adquirido de inmediato para el niño, que habiendo heredado de sus padres su naturaleza bondadosa, no se había envanecido con tanto mimo. Muy por el contrario como sus padres, que ya estaban demasiado mayores, se cansaban al poco rato de jugar con él rápidamente se dio cuenta de que no era divertido jugar solo, era mucho mejor compartir sus juguetes con otros niños, la mayoría de los cuales no podía ni soñar con tenerlos, así que constantemente invitaba a grupos de sus amigos y juntos disfrutaban de la profusión de pelotas, carritos, soldaditos de plomo y hasta patines y bicicletas. Al principio esta abundancia los intimidaba, pero una vez que se convencieron de la buena voluntad de Marcos, se convirtió en una ocurrencia diaria el que disfrutaran todos juntos.

El bienestar de que gozaba don Hilario se hacía evidente en su mofletuda y rubicunda figura. .Le gustaban el vino, la conversación y la buena mesa. Era costumbre entre los amigos de La Esperanza llamarse compadres y comadres unos a otros y a menudo invitaba a sus «compadres», a disfrutar de los abundantes almuerzos que ofrecía su esposa.

La salud de doña Luzmila había decaído con el tiempo, se le declaró una artritis que volvía sus movimientos difíciles y dolorosos así que contrataron a una jovencita del lugar, llamada Consuelo, para que la ayudara. Ella era la única empleada doméstica en toda La Esperanza. A veces, cuando se trataba de un festejo más grande, contrataban por el día a Santusa y otras señoras que se hacían cargo gustosas de estos «cachuelitos» tan necesarios para aumentar sus magras economías.

Entre sus bienes la familia contaba con un automóvil antiguo, de color verde claro, también el único de todo el barrio, en el que salían a pasear los fines de semana, pero la fachada de su casa, se mantenía inconclusa como todas las demás.

En marcado contraste su interior poseía todo el confort de una casa de la ciudad, la sala-comedor ostentaba, lado a lado, dos refrigeradoras y dos televisores —nunca me atreví a preguntar por qué y hasta ahora lo ignoro— pero el jardín exterior sembrado con platanares y cercado por un muro, también sin terminar, presentaba un aspecto medio destartalado que no concordaba con el resto de la residencia.

Para no aburrirse en su retiro el señor Panta había habilitado en el enorme terreno de la parte trasera de su casa, una fábrica rudimentaria donde curaba su famoso Jamón del Norte, que vendía exitosamente a sus distribuidores porque era muy apetecido en toda la región y le proporcionaba muy buenos dividendos.

Yo estaba acostumbrada a ver en las tiendas de embutidos, los jamones colgando de las vigas siempre muy limpios y envueltos en papel encerado o celofán, pero al acercarme las masas informes y negras que, parecían tener vida propia creí estar sufriendo una ilusión óptica. Nunca he logrado apartarlas de mi memoria; no era ninguna alucinación, realmente se movían, porque estaban totalmente cubiertas de moscas. ¡Millones de moscas! Mi anfitrión, sin notar mi repugnancia, me seguía explicando el proceso para preparar el jamón que constaba solo de dos pasos bastante simples: primero, frotaba las piernas de chancho con sal de mar y luego las colgaba del techo; para que la naturaleza se encargara del resto. Al succionar las moscas la sangre, la carne se secaba y adquiría su consistencia y sabor. Nunca le pregunté, —no quería saberlo— de donde venía tal cantidad de moscas. Si hubiera sabido rezar, habría pedido a todos los santos que el señor Panta nunca me invitara una lonja de sus jamones, porque no hubiera sido capaz de probarlos. Estaba segura de que todas las moscas del basural—y sus amigas de los muladares cercanos— estaban presentes en este lugar, contaminándolo todo con sus patas que, antes de hacerlo en la carne, se habían posado en toda clase de inmundicias. Mi cara debe haber sido muy elocuente, porque cuando pude apartar mi mirada de los asquerosos jamones y mirar nuevamente a don Hilario, noté que se sonreía sardónicamente.

Junto al almacén se ubicaban dos corrales. En el primero, el señor Panta criaba gallinas y patos y el segundo lo había habilitado especialmente para la crianza de cuyes. Don Hilario ese mismo día —creo que me había levantado con el pie izquierdo— quiso, aprovechar mi visita para enseñarme otro de sus logros: con infinidad de cruces y mucha paciencia, había obtenido una nueva casta de esos roedores, cuya carne es muy valorada en la sierra pero que nunca he probado ni probaré —ahora estoy segura de ello—. Los animales estaban rechonchos y eran de un tamaño muy superior al normal y él, acostumbrado a recibir múltiples alabanzas, se sentía muy satisfecho con el trabajo realizado, así que cuando se acercaba su cumpleaños, fecha en la que literalmente se tiraba la casa por la ventana, empezó a planear el menú y dos o tres días antes, se encargó él mismo de matar los animales necesarios para preparar los platos elegidos, entre los cuales no podía faltar el «cuy chactado». Repito que nunca había probado dicho roedor ni tenía intención de hacerlo, pero no podía ni quería desairar a mi anfitrión y menos en el día de su cumpleaños, por lo que desde muchos días antes me auto-sugestioné para, de todos modos, comer el cuy en el momento en que me fuera servido. Por eso, cuando estábamos todos sentados alrededor de la mesa y vi que empezaban a llegar de la cocina las fuentes vistosamente adornadas con hojas de lechuga, papas amarillas, choclos sancochados y aceitunas, alrededor de una carne doradita y de aspecto apetitoso que se veía al centro, pensé que si a tanta gente le gustaba, no podía ser tan malo, pero una vez que me lo pusieron por delante vi con sorpresa que no era un pedazo de carne lo que había en mi plato, sino el animal entero. Al cuerpo parecía haberle pasado un camión por encima, estaba completamente plano, pero la cabeza era otra cosa diferente: me miraba desafiante, enseñándome los dientes, como lista para saltar y súbitamente mi resolución se evaporó y no pude llevarme un solo trozo a la boca.

Los demás comensales se habían percatado de mi rechazo y me miraban divertidos chupando hasta el último huesito para demostrar lo mucho que les gustaba el potaje, lo que me hacía sentir aun peor. Roja hasta la raíz del cabello, les dije que tenía un horrible dolor de cabeza y mi embarazo fue en aumento al ser evidente que nadie me creía.

Finalmente, alguien se compadeció y retiró mi plato. Menos mal que a don Hilario y los demás invitados, mi tormento les hizo mucha gracia, pero de ahí en adelante, siempre en el momento menos esperado, uno u otro me preguntaba si me apetecía un platito de cuy chactado.

A don Hilario Panta lo había designado como mi cuarto personaje desde que lo conocí. No porque su personalidad fuera exuberante o muy destacada, como las de Padilla y Fukunaka, sino porque en virtud de su mesura y moderación, establecía un bienvenido balance.

CAPÍTULO 10

La vida diaria en la pensión Salinas era siempre entretenida. Casi todos los días ocurrían sucesos variados que la hacían muy amena. En contadas ocasiones, sin embargo, había muy pocos huéspedes y en esas oportunidades, al reinar la tranquilidad, el ambiente se sentía aun más familiar.

Escogí uno de esos días para entregarle su florero a la señora Gianinna. Había estado esperando el momento propicio y cuando este se presentó, aproveché la oportunidad. El punto focal de la sala era una mesita redonda cubierta por un mantel de brocado que llegaba al piso, donde se exhibía orgullosamente una colección de marcos con fotos familiares que relataban la historia de la familia. Había una muy grande, de su boda, que parecía haber sido tomada en un estudio del siglo dieciocho, delante de un telón con angelitos rollizos y guirnaldas de rosas, se veía a don Pedro de chaqué, escarpines y bastón con puño de plata, sentado en una silla fraile antigua y a doña Gianinna de pie a su lado, luciendo un elaborado vestido de novia lleno de volantes y una hermosa mantilla española en la cabeza. Asimismo, una sucesión de instantáneas describían paso a paso el crecimiento de sus hijos, mostrándolos recién nacidos, en sus primeros años, como colegiales y como adolescentes hasta el presente en las que aparecían posando con clientes frecuentes de la pensión Salinas. A algunos de ellos hasta los pude reconocer a pesar del poco tiempo que tenía residiendo aquí.

Mi regalo le gusto muchísimo e inmediatamente le encontró un lugar junto a sus marcos en la mesita. —Pedro, dijo la señora Gina, ¿recuerdas el ramo de claveles rojos que me compraste esta mañana en el mercado? A falta de algo mejor los arreglé en una de las jarras del comedor. Tráemelos y ahora mismo los coloco en este florero, se van a ver preciosos.

En ese momento, para mi asombro, entró Anita al salón portando una torta de cumpleaños con muchas velas encendidas y cantando «Happy Birthday».

—Gracias otra vez, Verónica, ha sido un gesto muy bonito, ¿cómo sabías que era mi cumpleaños? —Me preguntó la señora Gina—.

—Un pajarito me lo contó, le respondí, pero la verdad era que no había tenido la menor noción. Fue obra de la casualidad que escogiera este día para darle el florero.

Otros días se presentaban extraordinariamente movidos, con gran cantidad de huéspedes que llegaban a alojarse, por lo que la familia debía multiplicarse para atenderlos a todos. Entonces no había mucho tiempo para las acostumbradas conversaciones después de la cena o para el cafecito mientras veíamos las noticias. En esos casos, yo prefería la tranquilidad de mi cuarto y me retiraba temprano a ver las noticias en la televisión o a leer un buen libro.

Un acontecimiento que quedó inscrito para siempre en el anecdotario de la familia Salinas ocurrió en una de las épocas atareadas. Cerca de las cinco de la tarde de un día sábado, arribó una pareja de recién casados para pasar su luna de miel.

El señor Nicolás Rentejo tendría aproximadamente cincuenta y cinco años, era alto, flaco y solo un flequillo de pelo sobre las orejas y la nuca, que le daba apariencia de monje, lo libraba de la calvicie total. Usaba anteojos con marco de carey y cristales oscuros de un color entre gris y marrón, de los que llaman fondo de botella y al final del túnel que formaban una cantidad de círculos concéntricos, atisbaban unos ojillos de mirada débil. Lucía una barriguita incipiente que indicaba que su poseedor pasaba largas horas sentado ante un escritorio. Si hubiera tenido que describir el prototipo del empleado público, no hubiera dudado en elegirlo como mi modelo.

La novia, la flamante señora Rentejo, se había llamado cuando era soltera Marlene Cáceres y debía ser unos cinco años menor que su marido. Usaba el mismo tipo de anteojos, posiblemente comprados en un gesto de romántica solidaridad y acogiéndose a una oferta de «compre uno y lleve dos», en la misma óptica. Peinaba su cabello en una profusión de rizos producto de una reciente permanente. Ella también era el paradigma de la solterona burócrata. Su amplio busto que el sostén se encargaba de levantar a alturas inverosímiles, ponía de realce la cintura bien apretada y unas caderas respetables, asimismo reveladoras de largas horas tecleando en la máquina de escribir.

Los Salinas los recibieron con mucha cordialidad, como recibían a todos sus clientes, y cuando después de cenar los Rentejo se retiraron a su cuarto a nadie le llamó la atención. Después de todo, estaban en luna de miel.

De pronto, un olor repulsivo empezó a invadir la sala y poco a poco fue propagándose a todos los demás ambientes. Todo hacía suponer que provenía del cuarto de los recién casados, de donde también emergían los ruidos más extraños.

— ¿A qué se debe ese olor tan desagradable? Preguntó uno de los huéspedes.

—No sé —respondió don Pedro— nunca había olido nada semejante… es nauseabundo.

—Quizás se ha roto algún desagüe en la calle. Comentó otro de los comensales.

—No creo, dijo don Pedro, se vería brotar el agua, pero de todas maneras voy a averiguar. Acto seguido bajó las escaleras y salió a la calle encontrando que todo estaba tranquilo y, curiosamente, ahí el hedor no se percibía. Al volver a subir, la bofetada de mal olor que lo recibió lo convenció de que éste se originaba en su local y, después de consultarlo con doña Gina, fue a tocar la puerta de los Rentejo para saber si les ocurría algo malo. —Don Nicolás, señora Marlene, llamó antes de que la novia abriera solo una rendija de la puerta dejando salir un poco más del horripilante olor.

—Sí, don Pedro, ¿qué se le ofrece? Le preguntó con una amplia sonrisa.

—Disculpe la intromisión, pero se siente un olor muy raro en toda la casa y al parecer sale de esta habitación. Solo quería estar seguro de que ustedes están bien, huele como si hubiera una fuga de gas, o se hubiera roto un desagüe— le dijo a modo de explicación don Pedro.

—Ah, ¿eso? Le contestó Marlene, es un jarabe de nabo que le preparo a Nicolás para que se enjuague la garganta en las noches. El trabaja en un sótano muy húmedo, en el Archivo del Palacio de Justicia, y manipula diariamente expedientes mohosos y polvorientos que con los años le han causado una dolencia bronquial muy severa. Hemos probado cientos de fármacos, pero lo único que le permite expectorar la flema que se acumula durante el día y pasar una noche tranquila es hacer gárgaras con este jarabe que le hago en base a nabo rallado. Le pido disculpas, la verdad es que nosotros ya ni notamos el olor. De ahora en adelante, voy a abrir la ventana cuando lo prepare, no era mi intención importunar al resto de los huéspedes ni mucho menos a ustedes.

Los huéspedes, por supuesto, tuvieron material por muchos días para sus bromas a propósito de la novia que llevaba en su maleta, un nabo como parte del ajuar matrimonial.

CAPÍTULO 11

Poco a poco, las piezas del rompecabezas iban encajando unas con otras y el argumento para mi novela se iba concretando en mi mente, cuando una curiosa e inesperada circunstancia me permitió conocer a mi quinto personaje, el más pintoresco de todos.

Había adquirido el hábito de conversar con Padilla todas las mañanas al bajar de Cuyum a La Esperanza. Yo llegaba a su panadería a eso de las diez y él siempre tenía un cafecito esperándome. Como ya he dicho, el dueño de la pastelería era la mayor fuente de información de toda la zona y, notando que estaba ansioso por compartirla conmigo, decidí aprovechar su buena disposición.

Un día, estando en plena charla, entró a la panadería un cura que me figuré, por su aspecto pobre, que iba a pedir una donación. Su sotana estaba desteñida, manchada y deshilachada, las bastas de sus pantalones cubiertas de polvo y los zapatos gastados y deformados por el uso.

—Buenos días, doctor— lo saludó deferentemente Padilla.

—Buenos días, Faustino —le contestó el cura—. Vengo a recoger la torta que te encargó Alicia para la fiesta de cumpleaños de Alicita.

—Ya está lista, doctor. Espere un momento y la pongo en una caja para que se la lleve.

A estas alturas, como mera espectadora, yo no entendía nada: ¿este hombre era doctor o era cura? Si era doctor, ¿por qué vestía como cura? Y si era cura, ¿qué hacía recogiendo una torta de cumpleaños para una niña que, por lo que podía sacar en claro del tenor de la conversación, era su hija?

—Mire, doctor —dijo Padilla—, le presento a la señorita Verónica Olazábal. Es una escritora que ha venido de Lima.

—Es un placer, señorita —me dijo el «doctor».

—Mucho gusto, —le respondí.

— ¿Va a pasar algún tiempo con nosotros? —me preguntó él.

—No lo sé todavía, depende del tiempo que me tome la investigación que estoy haciendo, le respondí obviando el titulo —no sabía cómo dirigirme a él—. Estoy a punto de comenzar a escribir la novela que hace mucho estoy planeando y he buscado un entorno como éste, donde se mezclan tantas culturas diferentes, para ubicarla. Creo que de este enfoque de uno de los aspectos más notables de la realidad peruana, el multiculturalismo, puede resultar algo interesante pero no sé cuánto tiempo me va a tomar captar todos los detalles de los contrastes que ofrece esta sociedad. Por el momento, estoy recolectando los datos que el señor Padilla me proporciona bondadosamente, acerca de cómo se desarrolla la vida en La Esperanza y su interrelación con Cuyum. El aspecto económico que une las dos localidades es muy importante, pero para mí es solamente accesorio. Estoy más interesada en el lado humano de las relaciones entre sus habitantes y a la caza de los personajes idóneos para retratar esta realidad.

En ese momento, Padilla salió de la trastienda con una gran caja.

—Aquí esta su torta, doctor. Espero que les guste. Salude a Alicita de mi parte, ¿cuántos años cumple? —le preguntó.

—Está cumpliendo siete, el tiempo vuela ¿no es cierto? Bueno, muchas gracias, ya nos veremos más tarde en la fiesta. Hasta luego, señorita Olazábal, le deseo una grata estadía entre nosotros y que pueda cumplir sus propósitos. Demás está decirle que estoy a sus órdenes para lo que me necesite.

—Muchas gracias, señor, le respondí, pues no había sacado en claro cuál era su verdadero titulo.

Apenas se fue el personaje que acababa de conocer, acribillé a Padilla con preguntas. La primera, la más evidente:

— ¿Quién es este señor?

— Es el cura —me dijo Padilla, riéndose de mi confusión—; pero yo siempre le he dicho doctor porque sabe mucho, de todo y de todos, hasta actúa como médico o abogado si es necesario.

Poco a poco me fue enterando del intríngulis. La Municipalidad de Cuyum poseía una cantidad de inmuebles que alquilaba a altos precios sobre todo a profesionales y empleados públicos. En el barrio de La Esperanza, aparte de la luz eléctrica y el agua potable de las que disfrutaban sólo unos cuantos pobladores, los servicios que prestaba el municipio eran prácticamente inexistentes, por lo que la única propiedad inmueble, que ya nadie recordaba a quién había pertenecido ni como pasó a formar parte del patrimonio municipal de Cuyum, era prácticamente imposible de arrendar y tal vez por no tener una utilidad mejor que darle, había sido destinada mucho tiempo atrás a albergar al cura párroco de la zona. No me sorprendió saber que su familia vivía con él, es una costumbre generalizada que la madre y las hermanas se hagan cargo de las tareas del hogar mientras el sacerdote se dedica a su ministerio. Lo que sí me llamó la atención, por lo inusitado, fue enterarme de que en este caso, contraviniendo todos los preceptos de la Iglesia Católica, Apostólica y Romana, su familia estaba constituida por su mujer y dos hijas pequeñas, Alicita y Rosita, quienes eran tan miembros de la comunidad y tan bienvenidas en todas las demás casas como cualquiera de los hijos de las otras familias. En efecto y como una deferencia al cura, que todos estimaban, las niñas y su madre eran las primeras en ser invitadas a fiestas de cumpleaños, bautizos, primeras comuniones y todos los demás variados acontecimientos sociales de la colectividad. Ambrosio Huillca vivía apaciblemente en La Esperanza, nunca tuvo reparos en mostrar abiertamente su situación conyugal ni tampoco nadie se lo reprochó.

Seis días de la semana llevaba la existencia plácida y monótona de cura de pueblo. Como era el único en varios kilómetros a la redonda, ejercía plenamente su sacerdocio: confesaba, bautizaba, casaba y, cuando era necesario, daba la extremaunción; pero los domingos eran diferentes y amanecían llenos de exaltación.

Se despertaba muy temprano. Alicia, su mujer, ya le tenía la ropa limpia lista para que se vistiera. Es decir, la camisa y tal vez la ropa interior y los pantalones, porque la sotana raída en los bordes era la única que poseía y siempre estaba cubierta de polvo, grasa y manchas variadas de origen desconocido que con el tiempo habían pasado a formar parte de la tela, como un estampado indeleble, por más que Alicia tratara de eliminarlas.

El cura Huillca ostentaba una personalidad poco común. No sentía ninguna simpatía por la humildad y mansedumbre que proclamaba su fe. Era obstinado e inflexible en lo que se proponía y así como no creía en el celibato, tampoco guardaba con mucho celo el secreto de la confesión.

Desde hacía casi veinte años lo emponzoñaba una animadversión rayana en obsesión con el alcalde del pueblo, Antonio Humberto

Vera Jara. Utilizando los «pecados» que alguna vez le confió el alcalde en el confesionario, y en vista de que habían sido cometidos en perjuicio y a la vista de la comunidad entera que era diariamente víctima de su falta de escrúpulos, no se sentía compelido a guardar el sigilo y casi no podía esperar a que llegara el domingo para deshacerse de toda la bilis acumulada durante la semana.

El alcalde, que por razón de su cargo estaba obligado a asistir y sentarse en la primera banca todos los domingos, palidecía apenas veía subir al púlpito al toro bravo que, como arrinconado en el ruedo y listo para embestir, le lanzaba una larga, enconada y siniestra mirada.

La emponzoñada mirada del cura, duraba el tiempo suficiente como para aumentar la expectativa de los feligreses y pararle los pelos de punta a su contendor y, sin darle tiempo para tranquilizarse, empezaba su arremetida con voz de trueno:

—En el nombre del Padre, y del Hijo, y del Espíritu Santo...

«*Hay un ladrón entre nosotros; más que ladrón, ladrón de ladrones.*

Ladrón con L mayúscula y me pregunto...

¿Hasta cuándo va a seguir viviendo de nosotros?

¿Hasta cuándo el Estado va a permitir que este malhechor siga abusando de su cargo?

¿Hasta cuándo vamos a tener que soportar que éste, el más corrupto de los funcionarios, el mayor filibustero que haya tenido pueblo alguno, se siga enriqueciendo con las coimas y prebendas que extrae de los bolsillos de la gente noble y trabajadora de este pueblo?

¿Hasta cuándo vamos a tener que seguir pagando por el error de haberlo elegido una vez?

Nuestro señor Jesucristo en la cruz se compadeció de Dimas, el ladrón crucificado a su costado derecho, y lo invitó a

*cenar con él en el paraíso;pero a este ladrón no lo querría
tener ni el mismísimo Satanás en la cuevamásprofunda
del infierno. ¡Coimero entre los coimeros, estafador,
malversador de fondos, bandolero!*

A continuación, de las profundidades del bolsillo de su
sotana sacaba una gastada libreta de puntas encrespadas,
donde apuntaba escrupulosamente el recuento de los
últimos atropellos cometidos por el alcalde. Se calaba los
anteojos y empezaba a leer con la misma entonación con
que leía los obituarios y las amonestaciones matrimoniales.
Esta semana, este inescrupuloso individuo:

*Ha desalojado de su vivienda a una pobre viuda, la
señora Regina Cornejo, a quien muchos de ustedes conocen.
¿Su delito? carecer de veinte soles para pagarle el alquiler y
en estos momentos, por culpa de este despreciable criminal,
ella y sus seis hijos se encuentran viviendo de la caridad de
sus vecinos en uno de los salones de esta misma parroquia.*

*Ha mandado a sus matones a dar una paliza a
dos vendedores que se negaron a pagar la «cuota de
protección» en el mercado. Afortunadamente, ambos se
están recuperando pero por culpa de este mafioso asesino,
no serán capaces de trabajar en un largo tiempo.*

Y después de un buen rato de lanzarle cuantos epítetos
se le ocurrían, bajaba la cabeza y volteando unas cuantas
hojas de su libreta volvía a leer: Lamento informar la
partida de este mundo de las siguientes personas:

- *Señor Abelardo Benavente*
- *Señora Laura Pareja*
- *Señorita Matilde Escobedo*
- Contraerán matrimonio este mes:

- *Eleuterio Mamani y Azucena Quispe*
- *Adolfo Herrera y Carmen Chipoco*

—En el nombre del Padre, y del Hijo, y del Espíritu Santo —a lo cual los divertidos devotos, que cada semana asistían a la misa sin falta, respondían con unción:

— ¡Amén!

Vera Jara, al recibir la andanada de insultos dirigidos a su persona, se sentía como el torero que ni puede capear a su enemigo, ni escapar por el burladero por temor a ser abucheado por «el respetable». Cada domingo tenía que aguantar, estoicamente la paliza verbal, rumiando en silencio su venganza. En cuanta oportunidad se le presentaba, le mandaba emisarios que lo amenazaban con «poner en conocimiento de las 'altas esferas eclesiásticas' su vida licenciosa». Sin embargo nunca llevó a cabo sus amenazas pues como tenía la conciencia sucia, prefería no hacer olas para que no se lo llevara la tempestad y a pesar de sus bravuconadas, tenía que volver cada domingo a la iglesia y recibir la nueva andanada de insultos y denuncias preparadas para el sermón de la semana por don Ambrosio Huillca.

Por su parte, el cura nunca se sintió amenazado. Se divertía comentando con los vecinos:

—Si él me denuncia, lo tiene que hacer ante el Cardenal, que como es lo normal en un hombre, también es padre de varios hijos. Lo que me falta todavía por averiguar es si Su Eminencia ha reconocido a sus criaturas; espero que lo haya hecho, de otro modo les estaría negando el derecho a saber quién es su padre y condenándolos a pasar siempre por sus sobrinos y como todos sabemos, Dios castiga la mentira, ¿no es cierto?

La misa de los domingos era el evento más destacado de la semana y el más esperado por el pueblo. Más entretenido que un partido de fútbol entre la "U" y el Defensor Cuyum, más gracioso que una película de Cantinflas, más excitante que una corrida de toros y más sangriento que una pelea de gallos.

Los fieles acudían con la avidez de quien sigue una serial de trama muy interesante de la que, para no perder la ilación, no es posible perder un solo capítulo... La gran ventaja estaba en que no había que pagar entrada; la función era gratis.

CAPÍTULO 12

En su primer domingo libre, Toribio decidió hacer una visita a San Juan de Chauca, tal como le había aconsejado su amigo Saturnino. Llegó cerca del mediodía, cuando el sol estaba en su cénit y hacía mucho calor. El río no era muy caudaloso pero llevaba la cantidad de agua suficiente para mantener el verdor predominante en todo el valle y ofrecía con su frescura una promesa de alivio a la alta temperatura reinante y hacia él, como atraído por un imán, se dirigió el joven. Observó, mientras descendía, el paisaje encantador, salpicado por ranchitos con paredes de adobe y techos de tejas coloradas en cuya parte frontal, invariablemente, se veía un corral con un cobertizo de paja bajo el cual se refugiaban a esta hora del día una o dos vacas, a veces con sus terneritos y al menos un caballo.

La gama de mil tonos de verde revelaba los diferentes cultivos, y de trecho en trecho, un gran árbol de molle con sus ramas colgantes y sus frutos rojos y pequeñitos que refulgían al sol como piedras preciosas o una retama, con sus flores de color amarillo brillante, rompían la monocromía prestándole al bucólico escenario un encanto muy especial, así como, con su sombra, un refugio al caminante para el intenso calor.

Toribio se había inclinado para mojar su pañuelo en el río y poder refrescar su cara y cuello del polvo y el sudor acumulados con la caminata, cuando le pareció oír risas contenidas. Enderezándose, bruscamente, se dio cuenta de que un grupo de chicas había estado observándolo y ahora murmuraban entre ellas, indudablemente, acerca de su persona. Trató de ir a saludarlas, pero ellas, al ver que se acercaba, se fueron corriendo y saltando con la agilidad de un rebaño de vicuñas por entre las grandes piedras de la margen del río y desaparecieron. Sólo el eco de sus risas dejaba una huella; y guiado por él, Toribio siguió el camino que le pareció habían tomado las muchachas. Al poco tiempo, llegó a una plazuela rodeada por portales también adornados, como todo el resto de las edificaciones del lugar, con aleros de tejas rojas y piso de irregulares lajas de piedra. Al centro se erguía una fuente en cuyo borde se sentaban varios ancianos de la comunidad para beber de su agua fresca mientras comentaban los acontecimientos del día.

Las chicas se encontraban reunidas en una esquina, conversando entre sí y fingiendo no percatarse de su presencia. Todas lucían polleras negras adornadas con cintas de varios colores, un blusón de seda ajustado en la cintura, cuyo faldón plisado caía hasta casi la cadera y calzaban ojotas. Se adornaban las trenzas con cintas o flores y coquetamente le echaban miraditas de reojo.

Iskay le había advertido que los hombres de San Juan de Chauca eran muy celosos, por lo tanto no debía acercarse a las que lucían cintas, porque eso significaba que ya tenían novio y podía verse envuelto en un serio problema. Las que adornaban su cabello con flores, aún estaban disponibles.

Rodeó la plaza fingiendo admirar la arquitectura y se fue acercando al grupo, estudiando a las muchachas con flores en el pelo desde lejos, antes de dirigirse a una de ellas. Esta vez las muchachas no huyeron. Se presentó como vecino de Iskay y Santusa y ellas inmediatamente lo acogieron como a un amigo. Al poco rato llegaron del trabajo sus respectivos novios y el resto de jóvenes solteros y todos se pusieron a conversar animadamente. Los muchachos querían saber acerca de la vida en Cuyum y La Esperanza, y Toribio, con su facilidad de palabra, los puso al tanto, con lujo de detalles, de todo lo que había observado desde que llegó por primera vez a la ciudad. También les habló de su lugar de origen, tan diferente de San Juan de Chauca pero a la vez tan similar en cuanto al estilo de vida que se lleva en el campo en todas partes del mundo. Les contó acerca de su viaje, les narró su encuentro con Saturnino y los buenos consejos que recibió de él, les habló de las dificultades de la vida en las grandes ciudades, en fin, les dio información y los mantuvo entretenidos hasta que, faltando poco para el anochecer, se despidió prometiendo volver pronto. Ya le había echado el ojo a una chinita muy alegre llamada Kukuyu y ella, al parecer, correspondía a su interés. Debía aprovechar el tiempo del flirteo para arreglar bien su casita y proponerle, a su debido tiempo, iniciar el servinacuy para después, si ella así lo quería, contraer matrimonio. El corazón le saltaba de felicidad. En el camino de regreso a La Esperanza, sacó su zampoña del bolsillo y empezó a tocar una alegre tonada. No veía la hora de llegar a su casa para contarles a Santusa e Iskay acerca de su conquista y de lo bien que le había ido en San Juan de Chauca.

—Me has debido avisar para mandarles una carta a mis viejos —le recriminó Santusa. ¿Por qué no me dijiste que ibas a ir para mi pueblo?

—No quería quedar mal si no era bien recibido. Pero no te preocupes, que el próximo domingo me voy de vuelta —le prometió Toribio.

— ¿Tan fuerte te ha dado? —Le bromeó Iskay—. De esta sí que no te libras. Cuando te des cuenta, ya tienes dos hijos y estás preso para siempre, como yo. ¿Cómo se llama la hembrita?

—Kukuyu —le respondió Toribio.

— ¡Pero si es mi prima! —Exclamó Santusa encantada, agregando: Iskay, ¿no podríamos ir todos juntos el domingo a visitar nuestro pueblo? Hace mucho que no vemos a nuestros padres. Podemos salir tempranito y regresar por la tarde, como hizo Toribio. ¿Qué te parece?

—Bueno —dijo Iskay—, total, nuestros hijos ya están grandecitos. A la Deisi todavía hay que cargarla, pero Toribio y yo podemos turnarnos llevándola en nuestros hombros, ¿no es así, Toribio? Santusa, tu puedes llevar la comida para todos.

—Por mí no hay problema —dijo Toribio—, pero debemos partir muy tempranito, de madrugada, porque el calor después es terrible y puede afectar a los niños.

El paseo quedó acordado para el domingo siguiente. Santusa no cabía en sí de felicidad; hacía mucho tiempo que no tenía un momento de recreación en su atareada y monótona vida. Pronto estaban conversando y discutiendo animadamente los detalles de su próxima excursión el domingo siguiente.

El miércoles, aprovechando la media hora que tenía para almorzar, Toribio fue al centro de la ciudad y específicamente a La Moda Elegante, donde adquirió varios metros de cinta del color rojo más brillante que pudo encontrar para llevársela a Kukuyu. Soñaba con el momento de regresar a San Juan de Chauca y ver de nuevo los ojos picarones de la chica que tanto le había gustado.

Cumpliendo con lo convenido, salieron de madrugada. El pequeño grupo que ingresó al pueblo a eso de las diez de la mañana, fue detectado de inmediato y recibido con gran algarabía por los habitantes de San Juan de Chauca. Uno de los muchachos corrió a avisar a los padres de Iskay y otro a los de Santusa del feliz acontecimiento y todos se dirigieron a toda prisa a la plaza para saludarlos. Los abuelos miraban embobados a sus nietos; no comprendían cómo habían crecido tanto en tan poco tiempo. En realidad, no había sido poco: Deisi ya tenía dos años y Wilber, que había cumplido cinco, lo primero que hizo fue mostrarles orgullosamente uno de sus dientes, que ya se movía como una campana indicando que se caería muy pronto.

Toribio miraba nerviosamente a un lado y otro, con la ilusión de ver aparecer a Kukuyu de un momento a otro; pero ésta se estaba haciendo esperar y no se presentó hasta pasados unos buenos quince minutos. Con los ojos brillantes, que entornó casi inmediatamente, y las mejillas ruborizadas, lo saludó tímidamente. Estando en presencia de los mayores, no se atrevía a mostrarse tan atrevida como la semana anterior.

Él, aprovechando que todos estaban distraídos, se la llevó a un lado y le ofreció el paquete con la cinta roja. —Kukuyu, desde que te vi la semana pasada no he podido dejar de pensar en ti. Me he atrevido a comprar esta cinta roja para ti, para que adornes tus trenzas si me correspondes y me haces el honor de ser mi novia. Estoy enamorado y espero ver esta cinta en tu pelo la próxima semana, cuando venga a visitarte nuevamente.

—Tú también me gustas mucho, Toribio —le contestó la chica con sencillez— creo que debemos pedir permiso a mis padres para seguirnos viendo en presencia de todos y si nos llevamos bien, cuando pase un tiempo, podemos regularizar nuestra situación e iniciar el servinacuy. ¿Te parece bien?

— ¡Claro que me parece bien. Estoy feliz, Kukuyu, ahora mismo vamos a pedir el permiso de tus padres!

—No, recién nos hemos conocido, no hay que apresurarnos tanto. Es mejor dejar pasar una semana o dos más. A ellos les preocupa mucho lo que piensen los vecinos de nosotros y no les va a gustar que crean que soy una insensata. La gente empieza a hablar inmediatamente y yo no quiero que mis padres tengan ningún motivo para avergonzarse de mí.

—Como quieras, pero puedo seguir viniendo a verte cada domingo ¿no?

—Sí, eso sí, mientras estemos con todos los demás amigos, no hay problema.

Volvieron cada uno por su lado para no despertar sospechas, pero su ausencia no había sido advertida en medio del gran movimiento. A falta de una casa lo suficientemente grande para albergarlos a todos, los vecinos estaban sacando de sus casas mesas, sillas, platos y cubiertos y armando un gran comedor al centro de la plaza. La comida que tenía intención consumir ese día cada familia, agregada a la que había llevado Santusa, la compartirían entre todos.

Era como participar de un banquete: aunque el alimento era el mismo de todos los días, la alegría reinante hacía que supiera mucho mejor. Algunos aportaron chicha y otros, aguardiente. La celebración de la visita de dos de sus paisanos y sus menores hijos y la adquisición de un nuevo amigo fueron motivos más que suficientes para que todos pasaran la tarde muy alegres.

Llegado el momento de ponerse en marcha para regresar a su casa, Santusa e Iskay se despidieron prometiendo volver pronto mientras Toribio le indicaba a Kukuyu por señas que el próximo fin de semana volvería y esperaba ver la cinta roja en su pelo.

Durante muchos fines de semana más, Toribio, después de pedir la autorización de los padres de Kukuyu para visitarla, hizo el camino de ida y vuelta a San Juan de Chauca. Cada vez más enamorado, encontraba invariablemente a Kukuyu esperándolo a la vera del río y, cogidos de la mano, iniciaban el recorrido hacia el pueblo, donde el resto de la gente ya se había habituado a verlos siempre juntos.

Uno de esos domingos, Toribio habló con el padre de su novia y le expresó su deseo de llevársela a vivir con él. Le aseguró que la iba a cuidar muy bien porque contaba con un buen trabajo y el dinero no le faltaba.

— ¿Tienes casa? —le preguntó su futuro suegro.

—Una choza nomás, por ahora; pero dentro de poco comenzaré a construir una casita para nosotros dos y los hijos que tengamos.

A Severo —así se llamaba el padre de Kukuyu— le agradaba este joven serio y responsable que contaba con una educación muy superior a la de cualquiera de ellos y que, sin embargo, no presumía de nada, así que le dio su consentimiento y esa misma tarde Kukuyu preparó un atado con sus pocas posesiones y, junto al que sería su marido, partió para su nuevo hogar.

CAPÍTULO 13

Paralelamente a mi inquietud por comenzar a escribir la novela, otra idea había estado germinando en mi mente desde el primer momento que puse un pie en La Esperanza y con cada día que pasaba iba materializándose y adquiriendo prioridad. Algunos de mis amigos y conocidos, personas que habían demostrado tener sensibilidad social, habían hecho dinero en los últimos años y pensaba que si sabía presentarles este proyecto, de manera que despertara su interés por venir a ver el pueblo y lo que era urgente hacer aquí, me iban a ayudar. Tenía la esperanza de que no me fallaran.

Previamente, hablé con Padilla y le pedí prestada su casa para reunir a los vecinos y exponerles la idea. Al enterarse de la importancia del plan que había concebido y captando la repercusión que podía tener en el vecindario, me ofreció su cooperación sin condiciones. Esa misma tarde citamos a los vecinos para una reunión de urgencia al día siguiente.

Atraídos por la curiosidad y la oportunidad de disfrutar una vez más de la conocida hospitalidad de los Padilla, no faltó nadie. Cuando todos tuvimos la consabida copita de Guinda de Huaura en la mano, atraje su atención y empecé a comunicarles lo que había pensado.

—«*Amigos, los hemos hecho venir porque se me ha ocurrido una idea que creo les va a interesar. Si llegamos a realizar este proyecto, va a resultar en un enorme beneficio para todos.*

Desde que llegué a La Esperanza, he estado pensando mucho en la urgente necesidad que tienen sus habitantes de un área verde en la que los niños tengan la posibilidad de jugar sin peligro y donde los mayores puedan acudir a descansar después del trabajo, encontrando un ambiente saludable. También desde ese primer momento me he preguntado por qué esta inmensa área, que podría fácilmente ser utilizada para esparcimiento del vecindario, ha devenido en un muladar que daña la salud de ustedes y sus familias al respirar diariamente sus miasmas, llegando a la conclusión de que es perfectamente factible convertir el basural que ahora tienen frente a sus casas, en un parque. Lo único que necesitamos es tener la voluntad de hacerlo y si todos aportamos nuestro trabajo en esta labor colectiva, que va a redundar en beneficio de toda la comunidad de La Esperanza, pronto veremos esta zona completamente transformada. Los implementos que necesitemos para llevar a cabo la tarea, los iremos consiguiendo poco a poco».

— ¿No nos va a traer problemas con la municipalidad?—preguntó uno de los vecinos.

—Sí, seguramente, eso ya lo sabemos y lo esperamos —le respondí— aunque es un deber del gobierno local velar porque sus residentes vivan en ambientes limpios y saludables y éste, obviamente, no lo está cumpliendo, es un hecho que ni el alcalde ni los funcionarios de la municipalidad van a mover un dedo para ayudarnos en este sentido, muy por el contrario van a hacer todo lo posible por obstaculizarnos porque la limpieza y posterior conversión de este terreno en un parque les costaría dinero y ya sabemos adónde va a parar todo el dinero que recaudan.

Está demás decir que tendrían que habilitar otro lugar para botar la basura en las afueras del pueblo y establecer un sistema de recojo, como es su obligación, pero eso aumentaría aun más un costo que ellos no están dispuestos a asumir.

Aunque a las autoridades municipales les convenga mantener este terreno tal como está, nadie les puede quitar a ustedes el deseo de progresar. No hay ninguna ley que los condene a vivir en medio de la inmundicia. Si ellos no quieren hacerlo, hagámoslo nosotros mismos. No podemos dejar que vuestro derecho a vivir una vida digna siga siendo pisoteado.

Seguidamente, mirando a todos y a cada uno a los ojos, les pregunté si estaban dispuestos a colaborar para hacer realidad lo que de otra manera no se iba a conseguir nunca.

—Yo creo que es un sueño imposible —intercaló temeroso otro de los vecinos—, no nos van a dejar.

—Nos van a hostilizar, insistí yo, pero debemos estar preparados para defendernos.

Entre la inmensa mayoría de los asistentes a la reunión reinaban la incredulidad y el escepticismo, sin embargo, poquito a poco, la idea fue calando. Muchos de los escépticos empezaron a creer en la factibilidad del plan y a aportar sugerencias. El entusiasmo fue creciendo y las preguntas se multiplicaron. Los que nunca habían sido más que simples conocidos, de pronto conversaban como amigos y los que ya eran amigos, se sintieron aun más identificados unos con otros. Todos hablaban a la vez, todos tenían ideas que exponer, todos empezamos a soñar juntos mi sueño.

— ¿Y de donde vamos a sacar la plata que se necesita? Preguntó el siempre práctico Toribio Hombre, quebrando el encanto y volviéndonos bruscamente a la realidad.

—Bueno, ésta es nuestra primera sesión y he pensado que puedo ir por unos quince días a Lima, a tratar de conseguir financiamiento y apoyo para nuestro proyecto.

— ¿Y nosotros que hacemos mientras tanto? Preguntó Fukunaka que, impaciente, como siempre, ya estaba ansioso por poner manos a la obra.

—Ustedes, igualmente, deben hacer todo lo posible para conseguir donaciones, tanto de sus empleadores como de los comerciantes de Cuyum. También pueden colaborar limpiando el área de las montañas de basura acumuladas durante tantísimos años de indiferencia y dejadez de las autoridades. Todos debemos poner el hombro o este sueño quedará en nada.

Esa misma noche acordamos establecer un programa de asambleas informativas. Una vez por semana, por turnos, nos encontraríamos en la casa de Panta, la de Fukunaka, o la de Padilla y en esas reuniones daríamos cuenta de nuestros progresos que, por pequeños que fueran, serian anotados, cuidadosamente en un cuaderno que para tal fin se abriría.

Faustino Padilla fue elegido tesorero por unanimidad. Con la experiencia bancaria adquirida con el manejo de su negocio, se encargaría además de abrir una cuenta para ir depositando el dinero que lográsemos reunir y de llevar un inventario detallado de las herramientas y bienes que ya poseíamos —hasta ese momento, solo contábamos con unos cuantos picos y palas— y de los nuevos implementos que iríamos adquiriendo, una vez que contáramos con los fondos requeridos y según se fueran presentando las necesidades. El habitante más reciente de La Esperanza, Toribio Hombre, fue nombrado como su ayudante, ya que poseía una mente clara y una disposición natural para los números.

CAPÍTULO 14

En la segunda reunión, a propuesta de Ichiro Fukunaka se nominó a Don Hilario Panta como el encargado de la guardianía y protección de los materiales que se iban a recolectar.

—Don Hilario es el que dispone de más espacio y tiene más tiempo, porque mi compadre Padilla y yo trabajamos todo el día y no podemos montar la debida vigilancia —ni tampoco podemos cargar a nuestras esposas esa responsabilidad— porque si a los matones de Vera Jara se les ocurre venir cuando están solas e indefensas, les pueden causar un daño, además de robarnos todo lo que tenemos. ¿Está de acuerdo don Hilario?

—Si, por supuesto, respondió el aludido. Al fondo de mi casa tengo varios cuartos vacíos que pueden servir muy bien como almacén. Son casi impenetrables, porque para llegar a ellos primero tendrían que romper la puerta y atravesar toda la casa, pero, para mayor seguridad, terminando esta reunión, me voy a Cuyum, a comprar en la ferretería varios de los candados más fuertes que tengan y sus respectivas cadenas para asegurar las puertas y ventanas. No quiero sorpresas desagradables. —Pueden empezar a traer las cosas mañana mismo, si quieren.

Los demás comprendieron perfectamente sus aprensiones, pero como yo era una recién llegada, él explicó en mi beneficio que, por experiencias anteriores, se sabía que una de las prácticas preferidas por el grupo de amedrentamiento que comandaba el alcalde Vera Jara, consistía en boicotear con malas artes cualquier intento de la comunidad por mejorar sus condiciones de vida. El regidor y sus secuaces no paraban ante nada. Anteriormente varias iniciativas, por modestas que fueran, fueron reprimidas con violencia y al final tuvieron que descartarse por temor a las represalias.

Seguidamente, nos abocamos a designar las diferentes comisiones que se ocuparían de las necesidades del proyecto.

La señorita Lydia Espinoza, no solo era la farmacéutica de Cuyum, también hacia las veces de médico, cuando los pacientes no podían pagar la tarifa del doctor Morán y de partera cuando se presentaba la necesidad. Todos los pobladores de La Esperanza le tenían gran estimación. Gran conocedora de su profesión, poseía a asimismo una personalidad muy agradable y generosa. A las personas que ella sabía que no tenían dinero para comprar una medicina, se las daba gratis o a un precio que pudieran pagar. Como consecuencia lógica, cuando se trató de la formación de una "Comisión de Primeros Auxilios" y se puso a votación, ella fue, unánimemente, nominada como la encargada ideal. Con la seriedad que la caracterizaba, tan luego tomó conocimiento de la trascendencia de la obra por comenzar, preparó y donó un pequeño botiquín de primeros auxilios con los elementos necesarios para hacer frente a cualquier emergencia que se presentara. Con el tiempo, esta comisión, resultó ser una de las más valiosas. Muy consciente de los percances que se podían presentar con mayor frecuencia, escogió entre las vecinas a aquellas que tenían varios hijos y, por lo tanto, estaban acostumbradas a tratar golpes, cortes y rasguños, e inmediatamente empezó a adiestrarlas en tratamientos más específicos para que pudieran prestar ayuda a cualquiera que la necesitara.

Era bonito y muy reconfortante ver cómo iban surgiendo diferentes ideas para llevar a cabo la tarea que había inyectado nuevos ánimos a una comunidad que había permanecido aletargada por mucho tiempo.

Seguidamente Rosita Fukunaka tomó la palabra:

—He estado pensando que se puede ahorrar mucho tiempo y dinero si, cuando estemos listos para comenzar el trabajo y una vez que el terreno esté saneado, organizamos una olla común aquí mismo, cerca al parque. Podemos preparar grandes pailas de sopa para alimentarnos todos, en vez de hacerlo en nuestras casas individualmente. Un grupo de vecinos puede visitar el mercado y solicitar a los vendedores que nos donen diariamente las verduras que se les quedan sin vender. Al final de la mañana ya nadie quiere comprarlas por su apariencia mustia, pero no están podridas sólo marchitas por el calor y se les puede revivir remojándolas en un poco de agua fresca antes de usarlas para la sopa. Sirven perfectamente. Yo lo hago todo el tiempo en mi casa, cuando mis verduras pierden su lozanía y con la remojada recobran gran parte de su frescura. Propongo nombrar una «Comisión Alimentaria» para, de inmediato, comenzar a hacer los planes para la cocina común y solicitar las donaciones. Las economías que logremos las amas de casa pueden ir a aumentar el fondo para comprar las herramientas que necesitamos, ¿Qué les parece?

—Magnífica idea, doña Rosita, dijo la señora Panta, ustedes saben que por mis achaques no puedo colaborar mucho con el trabajo, pero ofrezco desde ahora mi casa y una nueva cocina a gas, que Hilario y yo compramos hace unos meses y todavía está por estrenar. ¿Qué mejor uso se le puede dar? ¿Estás de acuerdo Hilario?

—No necesitas ni preguntarlo, Luzmila, la cocina es tuya y puedes hacer con ella lo que quieras, ya me estaba preguntando cuándo te decidirías a usarla, qué bueno que por fin te hayas resuelto a hacerlo y por la mejor de las causas.

—Yo propongo a mi comadre Rosita para que sea la encargada de la «Comisión Alimentaria» —dijo Padilla— por mi parte, ofrezco trabajar horas extra y proporcionar el pan para acompañar las comidas. También voy a habilitar una alcancía para recabar donaciones en mi tienda. Esta moción también fue aprobada en seguida.

—Gracias compadre, respondió doña Rosita tomando muy en serio su liderazgo. Mañana mismo comienzo con la organización de la «Comisión Alimentaria». Muchas gracias a ustedes también, señores Panta, por su bondad al haber puesto a mi disposición su flamante y hermosa cocina y su casa para preparar los alimentos. Ahí si vamos a tener el espacio y la higiene tan necesarios, sobre todo en un ambiente tan insalubre como éste.

Tengo que ver con qué utensilios contamos, qué podemos traer de nuestras casas y qué es necesario comprar. No es lo mismo cocinar para una familia que para una multitud, para eso tendré que golpearle el codo a Ichiro que, estoy segura, se va a sentir muy feliz de colaborar con unas cuantas ollas y cucharones, dijo mirando coquetamente a su esposo, que, mirando al cielo, puso una desesperada cara de fingido dolor, causando la risa de los asistentes que conocían su poca afición a gastar dinero.

—Bueno, entonces lo único que queda por organizar es la «Comisión de los Pedigüeños» dijo Padilla, provocando aun más risotadas en el ambiente de por sí festivo, propongo que se formen tres o cuatro grupos para que cubran todas las aéreas del mercado, antes de que nuestros «objetivos» o... ¿debo decir mejor, «futuras víctimas»?, tengan tiempo de reaccionar. Tras una nueva explosión de risas y comentarios se levantó la sesión.

La «Comisión de los Pedigüeños» obtuvo una respuesta positiva desde el primer día. A los vendedores no les costaba nada darles las verduras que de todas maneras iban a parar a la basura o a las chancherías de Vera Jara, un negocito colateral del detestado alcalde, y enseguida accedieron a entregárselas todos los días.

Muchos otros, entre los vendedores del mercado, que aunque no vivían alrededor del «parque» —para ese entonces ya habían empezado a llamar así al lugar donde antes arrojaban sus desperdicios— tenían parientes que sí lo hacían y continuamente separaban un poco de menestras, arroz, una botella de aceite, un kilo de azúcar, un poco de quinua, trigo o kiwicha, cualquier producto del que pudieran desprenderse, para reforzar la olla común. Ellos sabían que viviendo tan cerca, también se beneficiarían con la nueva área verde. Otros comerciantes criaban aves de corral y de vez en cuando donaban algunos pollos y gallinas o colaboraban con huevos. El dinero ahorrado por las amas de casa, que no tenían que hacer el gasto diario para alimentar a sus familias individualmente, también iba a parar a la alcancía de Padilla.

Reinaba un ambiente de confianza sumamente alentador. Para ese entonces, yo ya empezaba a creer en la posibilidad de éxito de nuestra empresa. Por fin estábamos listos para comenzar.

El siguiente sábado, de mañanita, todo el barrio estaba preparado para comenzar con la limpieza del terreno. Hombres, mujeres y niños se agenciaron bolsas, carretillas, baldes de plástico, latas y cualquier otro tipo de recipiente del que pudieron echar mano y, todos a la vez, como una sola persona, comenzaron la ardua tarea de remover las toneladas de basura y transportarlas hasta un lugar previamente destinado en una depresión del terreno, en las afueras del pueblo.

El área entera parecía un hormiguero. Sin descanso, los pobladores de La Esperanza trabajaron durante todo el fin de semana y al atardecer del domingo la diferencia era notoria al estar, una buena parte del muladar, libre de desperdicios. Los que terminaban con el espacio que les había sido asignado, ayudaban a los que todavía tenían trabajo por delante, los hijos colaboraban con sus padres, algunos espontáneos acarreaban agua fresca desde el pilón para mitigar la sed de los demás. Pero la característica más notable era que todos, sin excepción, mostraban una sonrisa en el rostro. Algunos habían llevado sus pequeños radios a transistores para que todos pudiéramos disfrutar de la música y a pesar de los olores nauseabundos que despedía la inmundicia al ser removida, cantaban.

Con el mismo ahínco, siguieron todos los días al retornar de sus respectivas labores y al final de la siguiente semana comprobamos, con satisfacción, que no se veía una sola pieza de papel en los alrededores.

SEGUNDA PARTE

CAPÍTULO 15

Cumpliendo con mi parte en el acuerdo, el siguiente lunes viajé nuevamente a Lima. Al llegar, inmediatamente fui a buscar a varias de las personas que figuraban en mi lista de posibles colaboradores; el primero de ellos, mi amigo de la niñez, Alfredo San Martín.

Tiempo atrás había empezado a trabajar como diseñador y decorador de jardines y, luego de varios años, se le presentó la oportunidad de adquirir un vivero en un barrio residencial donde se establecían la mayoría de embajadas extranjeras. Tanto las familias que vivían en las grandes mansiones de los alrededores, como las sedes diplomáticas, constantemente renovaban sus plantas de interior y cambiaban la decoración de sus jardines según el estilo de moda. Freddy hacía buen negocio y yo no iba a admitir que me negara su ayuda por pequeña que fuera así que, decidida a no aceptar un no por respuesta, me lancé al ataque.

Salió a recibirme con un abrazo cordial.

—Gringa, ¿dónde te has metido? —Me dijo a manera de saludo—. Hace tiempo que no te veo.

—Hola, Freddy, vengo a solicitar tu ayuda —le respondí—.

—Por supuesto, ¿en que estaba pensando? la Gringa, como siempre va directo al ataque, nunca por las ramas.

—En este caso no hay tiempo para ramas y tú que me conoces bien sabes que si no te tuviera tanta confianza, nunca hubiera venido. También sabes que suelo perderme por temporadas, pero siempre tengo algún motivo poderoso para mis desapariciones.

—Y... ¿cuál es esta vez? —Me preguntó con cierta desconfianza— por un momento me hice la ilusión de que me extrañabas y deseabas verme después de tanto tiempo, bromeó, pero dices las cosas con la sutileza de una bofetada. Pero bueno, si no te he podido cambiar en todos estos años, es hora de que me dé por vencido. Pasa a la oficina, ahí tengo gaseosas heladas y café, lo que quieras.

Una vez que estuvimos sentados y con nuestros vasos en la mano, me dijo:

—Desembucha. ¿Qué nueva maldad estás tramando contra mí? —Cuando niños, yo siempre había sido un poco abusiva con él, ya que aunque somos de la misma edad, en ese entonces él era más bajito que yo y tenía un carácter amoldable y bonachón, de lo cual yo me aprovechaba para obligarlo a hacer la barrabasada que en ese momento me dictara la imaginación—. Freddy, como ejecutor, siempre cargaba con la culpa y el consiguiente castigo, sin embargo nunca me delató, a pesar de ser la autora intelectual de la travesura. Desde niño fue muy caballeroso y se sentía obligado a protegerme.

—Déjame empezar por el principio, Freddy —le dije—. Tú sabes que desde hace un buen tiempo estoy investigando para el libro que pienso escribir.

—Sí, lo sé y también sé que es muy difícil que alguna vez lo hagas. Tu naturaleza errática, te impide estar mucho tiempo en el mismo sitio, y eso es, precisamente lo que se necesita para escribir: tranquilidad y tiempo.

—Bueno, no he venido para recibir sermones. Sigo con la misma idea y con el anhelo de encontrar un ambiente propicio, hace poco fui a parar a una pequeña ciudad llamada Cuyum al sur de Huacho. En ese lugar y específicamente en uno de sus distritos, el más pequeñito y desposeído de todo, que sin embargo se llama «La Esperanza», he encontrado a los personajes de mi novela. Todos y cada uno son tan especiales que parecen extraídos de una obra de ficción, pero son de carne y hueso. No los tengo que inventar, cualquier novelista quisiera contar con esa abundancia de personajes donde escoger. Muchos de ellos se ajustan perfectamente a los protagonistas que había imaginado y estaba buscando para darle visos de realidad a mi historia. Yo diría que han superado mi imaginación. Son unas personas increíbles, una vez que las conoces renace tu fe en el ser humano. Todavía hay esperanza para este planeta, Freddy.

Le conté, a grandes rasgos, mis experiencias y la admiración que había despertado en mí este grupo de personas:

—A pesar de que carecen de todo, son generosos. La mayoría vive en condiciones de extrema pobreza, pero todavía les quedan ganas de reír y cantar.

Al escuchar mi entusiasmo, se echó a reír como siempre ha hecho ante mis 'extravagancias' —como él las llama—.Pero también, como me conoce bien, después de un momento una nube de sospecha cruzó por su cara y mirándome con desconfianza, me preguntó:

— ¿Y donde encajo yo? Por lo que me cuentas, pertenezco a un mundo totalmente diferente al de la gente que estás describiendo, mis intereses son opuestos y, además, soy completamente ajeno a la clase de problemas que ellos enfrentan, los cuales aunque me den mucha pena no son de mi incumbencia.

—He pensado que a ti, el señor capitalista, te vendría bien poner un granito de arena para variar— le señalé.

— ¿Cómo?

—En algunas de las cosas que has dicho tienes razón —contesté— pero en otras no. Hay diferencias, pero no tantas. Tú también eres generoso, como ellos, tú trabajas con plantas y ellos las necesitan, ahí tienes un punto en común.

— ¡Ajá! Ya sabía que tú no das puntada sin nudo. ¿Y para qué necesitan las plantas, si me está permitido preguntar?

Le conté lo del proyecto, del cambio de actitud de la gente ante la posibilidad de mejorar su calidad de vida, de la alegría de los niños, del sacrificio de sus padres que, aún cansados al llegar del trabajo, seguían laborando; en fin, le vendí la idea lo mejor que pude y, al despedirme de Freddy, tenía su promesa de donar unos quince árboles de diferentes especies y una cantidad de plantas pequeñas que, sin duda, iban a servir muy bien para nuestro propósito. También me regaló una camionada de cascajo de ladrillo y otra de canto rodado blanco para adornar los senderos y sus bordes.

El siguiente amigo que visité fue el ingeniero Luis Contreras, quien poseía una compañía constructora. Lucho no era tan sensible ni tan generoso como Freddy y cuando recité nuevamente mi historia, ofreció prestarme un camión para transportar el material siempre y cuando fuera un sábado o domingo, días en que no usaba el vehículo. No se dejó convencer en cuanto a regalarme algo de cemento y arena para las veredas, pero de todas maneras, su ofrecimiento nos solucionaba el problema del transporte y se lo agradecí de corazón.

Vi a varios otros amigos, pero casi ninguno entendió lo que les estaba planteando. Creían que era sólo cuestión de sacar la chequera y ofrecerme un poco de dinero, lo que por cierto también era bienvenido y necesario, pero fuera de eso, mayormente sólo me dieron evasivas. Creo que muchos, si no todos, pensaron que era una más de mis locuras la que me llevaba a invertir mi tiempo y trabajo en un ideal que no me iba a beneficiar en nada personalmente, para ayudar a unas personas que muy poco tiempo atrás no tenía idea de que existieran y que vivían en un lugar que acababa de conocer y al cual probablemente no iba a volver.

CAPÍTULO 16

Compartiendo el ambiente sano de Cuyum y sus pobladores, tuve la oportunidad de revivir la clase de vida —ahora solo en el recuerdo— en que se desarrolló la primera parte de mi existencia. Aunque Lima era la ciudad donde había nacido y crecido, la paz y la tranquilidad y por qué no decirlo, la vuelta a la normalidad que alguna vez formaron parte de mi niñez y juventud, me habían mostrado nuevamente valores que casi había olvidado.

De pronto, el ruido y la contaminación se me hacían intolerables, algo que hasta el momento de partir no había advertido, porque se habían ido incorporando gradualmente en la vida de la gran ciudad que los aceptó como las consecuencias normales del «progreso». Además, ahora me resultaba muy extraña la conducta ruda de los ciudadanos. Aquí ningún desconocido me saludaba con una sonrisa y si yo tomaba la iniciativa, me miraba con desconfianza y me daba la espalda.

Acostumbrarme nuevamente a manejar un automóvil en aquel caos vehicular era también como una de esas pesadillas de las que no es posible despertar. Nadie cedía el paso y los embotellamientos en las intersecciones me hacían perder la paciencia al tener que invertir varias horas del día en un recorrido que, en circunstancias normales, me hubiera tomado a lo sumo una.

Los nervios me estaban empezando a traicionar al tener que manejar a la defensiva. A menudo se apoderaba de mí una angustia desconocida. Siempre me he considerado una persona equilibrada —aunque hay algunos que no comparten esta opinión— y capaz de enfrentar las situaciones como se presentan. Sin embargo, ahora procuraba mantenerme en las calles secundarias, me daba pavor salir a las vías más transitadas por miedo a sufrir un accidente de los miles que a diario se producían. Tratando de adivinar cuándo se iba a producir el temido choque y si iba a venir por la derecha, por la izquierda o por detrás. Creí ingenuamente, que la parte delantera estaba bajo mi control pero no tardaría en darme cuenta de mi equivocación.

Un día, al llegar a un cruce de calles donde el semáforo, milagrosamente, estaba haciendo las señales correctamente me detuve detrás de otro automóvil, el primero en la línea para voltear a la izquierda. Cuál no sería mi sorpresa cuando, al cambiar la luz de rojo a verde, el conductor arrancó a toda velocidad, pero como al parecer estaba muy apurado, olvidó hacer el cambio de marchas y retrocedió dejando la máscara y el radiador de mi automóvil completamente destrozados y dándose a la fuga sin que yo, ofuscada como estaba por la sorpresa y el golpe, tuviera tiempo de anotar el número de su licencia.

Ahogándome de rabia, esperé que alguien se acercara a ayudarme pero ese, definitivamente, no era, mi día de suerte.

Por fin, sentí una sirena y apareció un patrullero con dos gallardos servidores de las fuerzas policiales que, libreta en mano, venían hacia mí con una actitud acusadora y amenazante como si, en vez de ser yo la víctima, fuera la culpable del accidente.

—Su licencia de conducir y los documentos de propiedad del automóvil, por favor —me requirió uno de ellos.

—Aquí están, les dije, entregándoles los documentos solicitados ¿agarraron al que me choco?

—Tenemos información de que fue usted quien arrancó y chocó al caballero por detrás. ¿Dónde estaba detenido su vehículo?

El «caballero» en cuestión no había perdido un minuto en sentar una denuncia contra mí, por lo que fui informada de que debía «acompañarlos» a la comisaría para prestar mi declaración.

Cuando llegué, encontré el teatro ya montado. El comisario, al parecer, estaba de mal humor porque no podía probar mi culpabilidad, —el mensaje que transmitía su mirada indicaba a las claras que compartía la opinión machista generalizada de que las mujeres somos estúpidas y propensas a distraernos, por lo tanto incapaces de conducir un vehículo con la misma destreza de los hombres—, pasó enseguida al ataque manifestándome que «el caballero», al que yo acusaba de haberme chocado, había demostrado plenamente que era yo la que se le estrelló por detrás y eso se veía claramente en las huellas que había dejado mi vehículo en el suyo. No hemos encontrado ningún testigo ocular del accidente y, por lo que veo en la denuncia, usted lleva todas las de perder, pero me ha caído en gracia y voy a ver qué puedo hacer para ayudarla.

Después de fingir conferenciar un largo rato con «sus superiores», volvió con una sonrisa gatuna y me comunicó que había sido decidido otorgarme el «beneficio de la duda». También me dijo que se había comunicado con «el caballero» y que éste, en un acto de buena voluntad, debido a que se daba cuenta de que yo no lo había chocado intencionalmente sino por distracción, había aceptado correr con los gastos de la reparación de su vehículo, de modo que yo solamente tenía que pagar la del mío.

Acto seguido, como quien no quiere la cosa, sacó un talonario de boletos para la rifa de una motocicleta que se iba a efectuar para

Navidad (estábamos en mayo). —La comisaría, me dijo, carecía de muchos de los elementos más necesarios, situación que le impedía atender, con la prontitud y eficiencia debidas, a las personas que acudían a sus instalaciones en busca de ayuda. Se necesitaban nuevas máquinas de escribir pues las existentes ya no tenían ni teclas. Con la nueva ley de austeridad aprobada por el gobierno, el Ministerio ya no los proveía de nada, ni siquiera de lápices y papel. Entre ellos mismos debían hacer colectas para comprarlos y cuando trataban de comunicarse con los patrulleros, a ninguno le funcionaba el radio desde hacía tiempo. El producto de la rifa iba a hacer posible adquirir esos instrumentos, imprescindibles para la rápida atención de las emergencias, e iba a beneficiar no sólo a la comisaría sino al vecindario en general. Seguidamente, me preguntó:

— ¿Cuantos boletos va a tomar? Sólo valen diez soles cada uno...

— Armándome de paciencia, le dije que le iba a comprar cinco.

— ¿Cinco nada más? —preguntó, haciendo un puchero como los que hacen los niños pequeñitos y poniendo cara de ofendido—. ¿No cree usted, señorita, que podría comprar siquiera unos diez numeritos teniendo en cuenta todo el dinero que le hemos ahorrado? —y me obsequió con otra de sus sonrisas gatunas.

—Desde niña, siempre me ha divertido asociar, mentalmente, imágenes, de personas con animales y desde que lo vi por primera vez, la sonrisa del guardia me recordaba a alguien que todavía no lograba ubicar. En ese momento recordé aquella escena de Alicia en el País de las Maravillas en la que la niña se dirige al gato y le comenta:

La vida debe ser dura para ti.

Y el Gato de Cheshire le responde con una sonrisa más grande que su cara:

Pero yo sonrío y me aguanto.

Yo no aguantaba más y mientras esperaba la reparación de mi carro, que no estaba segura de querer volver a usar, probé de salir a pie y usar el transporte público. Como he mencionado antes, una mezcla de genes de mis antepasados europeos me ha dotado de una piel muy blanca, pelo rubio y ojos azules. En mi país esto es como una maldición que no me permite pasar inadvertida entre el grueso de la población y me convierte en un blanco seguro y fácilmente distinguible para los carteristas y delincuentes de todo tipo que me creen extranjera y por lo tanto cargada de dólares.

En mi primera incursión, con una habilidad increíble, hicieron un corte en mi cartera y por él extrajeron la billetera con mis documentos de identidad. Llevaba muy poco dinero, por lo que no noté su desaparición hasta que tuve que pagar por una pequeña compra en la farmacia y para entonces ya era tarde.

Como primer paso tuve que volver a la comisaría y sentar una denuncia. Este era el primer requisito «*inevitable, ineludible, e ineluctable*», según me dijo el guardia de la puerta al que me acerqué en busca de instrucciones. Con una expresión doctoral, me dijo que si quería obtener el duplicado de Libreta Electoral, sin la cual no era posible hacer ningún trámite —ni siquiera solicitar el duplicado—solo una copia de la denuncia podía abrirme las puertas.

El segundo paso consistía en obtener por lo menos una docena de fotografías tamaño carnet para poder iniciar la serie de trámites engorrosos que me esperaban: quedaban pendientes las copias de la Licencia de Conducir y la Libreta Tributaria, aparte de reconstruir como mejor pudiera la pequeña libreta con direcciones y teléfonos y una agenda que sustituía, con ventaja, mi memoria. Sin ella estaba perdida. La pesadilla continuaba, los ladrones también se habían llevado mi llavero y tenían en su poder los documentos con mi dirección, por lo que debía cambiar las cerraduras de inmediato si no quería encontrar mi casa vacía en cualquier momento.

Estaba por salir cuando recibí una llamada telefónica:

—Aló. ¿Está Verónica? Me dijo una voz de mujer que no reconocí.

— ¿Quién llama? Pregunté sin identificarme.

— Tú no me conoces, pero he encontrado tu billetera en el jardín de mi casa y quiero devolvértela.

— ¿Tienes mi dirección? Le pregunté tratando de que no notara la alarma en mi voz.

—Si, figura en el brevete que encontré dentro de la billetera.

— ¿Qué más encontraste? le volví a preguntar.

—Nada. No había nada más. Si quieres te la puedo llevar a tu casa mas tarde.

Demás está decir que ya no me moví. Para protegerme en la medida de lo posible, llamé a un amigo para que me llevara un cerrajero que cambiara las cerraduras inmediatamente y le pedí que se quedara acompañándome mientras «atendía» a mi visita. Me alegré muchísimo de haberlo hecho cuando, cerca de las tres de la tarde, se presentó una mujer enorme —con una mano me podría haber estrangulado fácilmente— y me entregó la billetera sin dinero, por supuesto, pero con la licencia de conducir. La gracia me costó cincuenta soles más, pero me ahorré uno de los trámites más enojosos.

Para entonces, ya me sentía próxima al colapso nervioso. No manejo muy bien el estrés y cuando me siento agobiada, aparecen los mismos síntomas: Una melodía, que se repite día y noche en mi mente sin parar, me impide dormir y en mis largas horas de insomnio, la canción sigue dando vueltas como un disco rayado en mi cabeza. Esta vez era Julio Iglesias el que me atormentaba: *A veces si, a veces no, reñimos sin tener razón...*

En ocasiones la melodía era reemplazada por citas de libros o poemas que, por haberme impactado la primera vez, había releído muchas veces y retenido en la memoria y de súbito empezaba a recordar.

Uno de los libros favoritos de mi niñez fue «*Alicia en el País de las Maravillas*». La obra de Lewis Carrol me proporcionó muchas horas de entretenimiento y apenas estrenaron la película de Walt Disney le pedí a mi papá que me llevara a verla. Quedé encantada, no me defraudó en absoluto, pues aunque en mi mente les había puesto rostros y cuerpos a todos los personajes, verlos representados en la pantalla era diferente —los dibujos animados de Disney superaban en mucho mi imaginación—y leer los subtítulos con la traducción de los diálogos me fascinaba. La Reina de Corazones y su «Córtenle la cabeza», el Conejo al que siempre se le hacía tarde, el Sombrerero Loco, todo me parecía genial y en especial las aparentes incongruencias de las conversaciones de Alicia con el Gato de Cheshire, a las que por alguna razón yo les encontraba mucho sentido. El siguiente diálogo se repetía una y otra vez en mi cansado cerebro:

—Por favor, ¿me podrías decir en qué dirección debo ir a partir de aquí? —preguntó Alicia.

—Eso depende mucho de adónde quieras ir —dijo el Gato.

—No me importa mucho... —empezó Alicia.

—Entonces, no importa en qué dirección vayas — interrumpió el Gato.

—...mientras vaya a alguna parte —añadió Alicia a manera de explicación.

— ¡Oh! eso es seguro —dijo el Gato— si caminas suficientemente lejos.

—Pero yo no quiero ir entre gente loca —subrayó Alicia.

—Eso no puedes evitarlo —dijo el Gato—: todos estamos locos aquí. Yo estoy loco, tú estás loca.

— ¿Cómo sabes que estoy loca? —dijo Alicia.

—Debes estarlo —dijo el Gato— o no habrías venido aquí.

CAPÍTULO 17

Al analizar mi situación, me di cuenta de que no iba a lograr mucha más ayuda de mis amigos: sólo un puñado de ellos se había mostrado solidario y en cambio, me había tenido que enfrentar a una enorme cantidad de problemas. Las cosas perdidas y las obligadas coimas, me habían costado más dinero que todos los otros gastos del viaje juntos, de ahí que una vez terminados mis trámites, no pudiera contener la impaciencia por volver a Cuyum, a La Esperanza y a nuestro proyecto. Por otra parte consideraba que, con lo conseguido, teníamos una buena base para comenzar, así que decidí regresar esa misma tarde.

Me encontré con que Panta, a través de sus conexiones entre las haciendas de los alrededores, había obtenido unas cuantas camionadas de tierra fértil y algo de guano para abono. Por su parte, el marido de Santusa, Iskay, había observado, a un costado de la puerta del almacén, una gran cantidad de costalillos de yute que al parecer no tenían ningún utilidad y eran descartados en ese lugar por si alguien encontraba algún uso que darles, por lo que decidió hablar con el administrador de la hacienda esa misma tarde.

—Señor Hernández —le dijo—, he notado que hay muchos costalillos amontonados al pie del almacén. ¿Los guardan para algo?

—En realidad no, Iskay —le respondió el administrador—. Ahí vienen las semillas o el abono, pero una vez que los vaciamos no nos sirven para nada y los descartamos. Las menestras, la verdura o la fruta que producimos tienen que ser embaladas en costalillos nuevos para que no se contaminen con los componentes químicos del abono. ¿Por qué me preguntas?

—Es que yo podría usarlos, señor Hernández —le contestó Iskay. Y le contó lo del parque que estábamos por construir.

— Coge todos los que quieras, Iskay —le dijo el señor Hernández—. El favor me lo vas a hacer a mí, ya que ahora sólo sirven para que duerman los gatos que pululan por aquí y el olor de su orina se vuelve insoportable con el sol. Si quieres, antes de llevártelos extiéndelos en la explanada junto a la criba y dales una manguereada para que te los lleves limpios una vez que se sequen. Con el calor que hace no va a tomar más de una hora.

Contentísimo, Iskay hizo lo que le sugerían y al terminar su trabajo cargó una carretilla con cincuenta costalillos y los llevó a La Esperanza, donde fueron recibidos jubilosamente.

Con su espíritu práctico, y cumpliendo con su promesa, Padilla había colocado, junto a la caja registradora de su panadería una lata de café instantáneo vacía a la que había abierto una ranura en la tapa, de manera que sirviera de alcancía para las donaciones en efectivo. Cada persona que entraba recibía el sablazo.

—Ya pues señito, una monedita no la va a hacer más pobre ni más rica. ¿No le gustaría sentarse en el parque a saborear su pancito? —casi nadie le negaba la moneda, nuestros modestos fondos se habían ido incrementando poco a poco y nuestro "tesoro" iba creciendo; entre ese dinero y el obtenido en Lima, contábamos con un modesto capital. No era mucho, pero tampoco una ridiculez. Por el contrario, nos sentíamos muy satisfechos con nuestro progreso. Esa suma iba a hacer posible adquirir el resto de las herramientas que nos hacían falta.

El grueso de la tarea estaba aún por delante y no iba a ser nada fácil, pero estábamos dispuestos a enfrentarla.

Había unas cuantas sorpresas más en reserva para mí. Santusa, mi primera amiga, la tímida persona que conocí al llegar, se había convertido en una de las lideresas del grupo. Una nueva luz de confianza en sí misma brillaba en su rostro y con su bebé a la espalda y el otro niño jugando en las cercanías, trabajaba rápida y eficientemente. Toda la fatiga acumulada en su cuerpo parecía haber desaparecido. Kukuyu, su prima y vecina, la mujer de Toribio Hombre, también participaba con entusiasmo, a pesar de que estaba en una etapa bastante avanzada de su embarazo. Los demás vecinos imitando su ejemplo, todos los días al regresar del trabajo, continuaban con la limpieza del terreno.

La mañana del siguiente sábado creí que estaba llegando demasiado temprano, pero la gente se me había adelantado y me esperaba sonriente con las caras brillando de limpias, bien peinados y listos para empezar con la segunda etapa del proyecto y, habiendo librado completamente de basura el espacio, esperaban mis indicaciones. Pero una cosa fue tener la idea y otra, muy diferente, saber cómo llevarla a cabo. Me di cuenta de que simplemente no sabía por dónde comenzar.

Doña Ida, la esposa de Padilla, me dio la pauta:

—Señito, me dijo. Hemos pensado que antes de esparcir la buena tierra que consiguió don Panta y comenzar a sembrar, tenemos que sacar las piedras. Hay demasiadas, así que hemos traído las lampas y picos de la casa de don Hilario y hemos conseguido algunas mas prestadas.

—Bien pensado, señora Ida, le dije. La verdad es que tengo mucho que aprender. Mi experiencia en sembrado se reduce a unas cuantas macetas con geranios. Ustedes saben mucho más que yo de estas cuestiones agrícolas, no se me había ocurrido que había que sacar las piedras. Comencemos hoy mismo con esa tarea, pues cuando lleguen el pasto, las flores y los árboles, el terreno debe estar listo.

Padilla que había escuchado divertido la conversación se acercó y me informó: Como verá, ya distribuimos las herramientas con las que contábamos. Tal como le dijo mi mujer algunas son las que ya teníamos, y otras como las dos carretillas que nos facilitó el jefe de Iskay, las conseguimos prestadas, pero todo el mundo está dispuesto a trabajar aunque sea con cucharas de sopa.

Su entusiasmo era contagioso, hombres y mujeres estaban contentos. Unos cantaban, otros bromeaban entre sí y se oían voces alegres por todas partes.

Sin perder tiempo nos pusimos a trabajar, mayormente eran los hombres los que manejaban los picos y las lampas para desenterrar las piedras más grandes, pero también algunas mujeres, entre las que me contaba, recibimos nuestras palas.

Al principio se produjo un poco de desorden. Todos querían llevar sus piedras a las carretillas al mismo tiempo, pero Fukunaka, autonombrándose coordinador de la obra, empezó a dirigirnos, como un director de orquesta, para obtener la mayor eficiencia en el trabajo.

—A ver, los de la zona del norte, exclamaba con su poderosa voz—ya tienen suficientes piedras, ¡llévenlas a las carretillas!

El resto, armados con nuestras herramientas, removíamos la tierra y reuníamos las piedras en los grandes pedazos de yute, que algunas de las mujeres habían cosido entre sí uniendo los costalillos de Iskay, esperando la siguiente indicación de Ishiro Fukunaka.

—Ahora, los de la zona este, ¡remolquen sus piedras o no van a poder con todo ese peso! Todos obedecíamos sus órdenes sin replicar, ya que debido a su coordinación, no se producían aglomeraciones y ahorrábamos tiempo.

—Los de la zona sur, ayuden a los del este, ahí hay mayor aglomeración de rocas, ¡ya pues, comiencen, no se hagan los remolones!

La ansiada pausa para almorzar se produjo al mediodía. Las familias se habían ubicado, quizás por fuerza de la costumbre, cada una en el área frente a sus casas y se retiraron para alimentarse prometiendo volver en una hora. Los Padilla me habían invitado desde el día anterior y aunque estaba tan cansada que no tenía fuerzas ni para comer, fui a almorzar con ellos, agradecida por la oportunidad que se me brindaba de gozar de un rato de descanso.

— ¿Cansada señito? Me preguntó Faustino una vez que nos sentamos a la mesa.

—Un poco, le respondí, tratando de disimular mi agotamiento pero en realidad estaba exhausta.

La deliciosa sopa que me sirvieron contribuyó a devolverme algo de las energías perdidas, pero no quise comer mucho del pollo asado con papas que me fue ofrecido como segundo plato por temor a no poder moverme después.

— ¿Se le antoja un cafecito? Me ofreció la señora Ida y se lo acepté de muy buen grado, realmente necesitaba del estimulante para poder volver al trabajo. No había un solo músculo de mi cuerpo que no me doliera.

Después de la hora otorgada por «el maestro Fukunaka» para el almuerzo, retornamos al terreno, encontrando que la mayoría ya estaba de vuelta y había reanudado la labor. Mujeres y niños, aun los más pequeñitos, participaban sacando las piedras de acuerdo a su capacidad y poniéndolas a un lado para que sus padres, después de seleccionar las que tenían tamaño y forma similares, que iban a servir para la delimitación de los caminos y la decoración de los jardines, se deshicieran del resto. Yo, por supuesto, trabajaba hombro a hombro con ellos, pero como no estaba habituada a este tipo de labor, con todas las agachadas, dobladas, levantadas, arrastradas y arrojadas de las piedras, sentía que la espina dorsal se me iba a partir en dos en cualquier momento. Tenía las manos ampolladas y llagadas y en ocasiones sangraban, porque las ampollas se reventaban y el mango de la pala dañaba dolorosamente la carne viva. Las piernas casi no me respondían, pero no me hubiera quejado ni aunque sintiera que estaba próxima a caer muerta, no quería que se rieran de mi debilucha constitución citadina.

Nadie más parecía sentirse cansado, la única que estaba a punto de desplomarse era yo. En mi fuero interno notaba que me miraban con cierta sorna, como esperando que me diera por vencida, pero yo, haciéndome la desentendida, en un intento por ocultar mi fatiga y para darme pequeños respiros, me unía a los diferentes grupos por turnos, hablando con mujeres y hombres, solicitándoles sus opiniones y anotándolas en mi mente. De esta forma pude seguir adelante con mi grupo y al reunir una cantidad regular de piedras, calculando que el peso no nos impidiera jalarlas, las arrastrábamos hasta las carretillas en las que los hombres, con más fuerza que nosotras, las acarreaban hacia donde las estaban acumulando fuera del área de trabajo. Así no estorbaban, pero se tenían a mano para el uso posterior que pensábamos darles.

Nos tomó tres semanas retirar todas las piedras, pero finalmente terminamos con esta pesada labor. Me parecía que entre todos debíamos haber extraído al menos un par de toneladas de rocas, nunca terminaban de salir, pero aun así continuamos, guiados por el anhelo de alcanzar nuestra meta… una meta que cada vez parecía menos inalcanzable..

CAPÍTULO 18

Al cabo de un tiempo que pareció interminable, por fin llegó el momento de empezar el trazado final. En anteriores reuniones habíamos discutido ampliamente la orientación que queríamos darle a nuestro parque. No nos interesaba que se convirtiera en un lugar exclusivo en el que la gente no se atreviera a entrar por temor a malograrlo. Lo único que deseábamos era que cumpliera con la función para la que había sido concebido: proporcionar el oxígeno y la recreación de que la población de La Esperanza había carecido siempre y tanto necesitaba. La belleza forzosamente se presentaría después, una vez que las flores, el césped y los árboles crecieran.

Las sugerencias que había recogido a lo largo de la larguísima y agotadora primera etapa, las había anotado cuidadosamente por las noches, cuando casi arrastrándome de cansancio retornaba a la pensión. Don Pedro y doña Gina me habían preguntado si estaba enferma, porque me veían cada día más delgada y ojerosa y una de esas noches me confié a ellos y les conté lo del trabajo del parque y de lo abrumada que me sentía por la responsabilidad que me había echado sobre los hombros sin los conocimientos necesarios para llevarla a cabo.

—Es natural que estés cansada Gringuita, me dijo la señora Gina, tú no has hecho ese tipo de trabajo en tu vida, ya habíamos oído que se estaba limpiando el muladar para convertirlo en parque, pero no sabíamos que tú eras la promotora. Por aquí las noticias llegan muy distorsionadas.

— ¿En que podríamos ayudarte nosotros? me preguntó don Pedro.

—En realidad, en nada don Pedro, ya bastante tienen ustedes con el manejo de la pensión. La que podría ayudarme es Anita.

— ¿Yo? Preguntó la chica un poco asustada.

—Sí, no sabes cómo te agradecería que con tu habilidad para el dibujo me esbozaras una especie de plano que nos ayude con el diseño del parque.

—Nunca he dibujado un plano, pero cuenta conmigo, Verónica, me dijo la chica. Supongo que bosquejar un parque no debe ser tan diferente a representar un jardín y a mí, la imaginación me sobra. ¿Qué forma tiene el terreno?

—Rectangular, le respondí y antes de que me diera cuenta, Anita tenía en sus manos su cuaderno de dibujo, varios lápices y un borrador, así que sentándonos en una mesa del comedor, iniciamos el esquema.

— ¿Qué te parece si reservamos al centro un área para poner una fuente? —Me preguntó Anita.

Es exactamente lo que hemos pensado. Poner una fuente a su debido tiempo. O en otras palabras, cuando tengamos el dinero suficiente para pagarla. Le respondí, así que poniendo manos a la obra, empezó a dibujar una hermosa fuente con múltiples chorros de agua, que brotaban de grandes conchas ubicadas alrededor.

Desde ese centro, trazó caminos hacia las cuatro esquinas del parque, entre los cuales reservó espacios para el pasto y las flores.

— ¿Qué tipo de árboles van a sembrar? Me volvió a preguntar al cabo de un rato.

No estoy muy segura, porque recién van a llegar mañana o pasado, pero tu pon los que se te ocurran y, cuando lleguen los verdaderos, veremos cuales se ajustan más a tu diseño, o mejor, puedes ir conmigo y darme ideas in situ, ¿quisieras ir?

—Encantada, solo tengo que pedirle permiso a mi mamá para que disponga mi reemplazo. A veces, cuando me enfermo o tengo mucho trabajo en el colegio, viene una chica del barrio. Ella ya conoce el trabajo y no creo que haya problema.

—Por supuesto yo corro con el gasto que signifique contratar a la chica, le dije.

—No creo que mis padres te lo acepten, pero se los puedes plantear si eso te hace sentir más tranquila.

La artista siguió fantaseando con el diseño del parque. Proyectó una amplia vereda rodeando todo el perímetro y coloco estratégicamente bancas, donde personas de todas las edades se pudieran sentar, mientras los niños corrían por los senderos. El resultado final fue una obra de arte que yo intentaba enmarcar como recuerdo y así se lo hice saber a Anita, al darle feliz las gracias, porque al día siguiente iba a tener algo para mostrarles a mis compañeros para que pudieran forjarse una idea de cómo iniciar debidamente el trazado del parque.

— ¿Qué vamos a hacer hoy, señito? Me preguntó Padilla saliendo a recibirme.

—Miren todos lo que traigo, exclamé mostrándoles el trabajo de Anita.

—Que hermoso, comentaban pasándose el diseño unos a otros, ¿así va a quedar nuestro parque?

—Sí, exceptuando la fuente y la vereda exterior, que tenemos que dejarlas para después, creo que este dibujo nos da una idea bastante aproximada de cómo va a ser dentro de muy poco tiempo nuestro parque, les dije entusiasmada.

Mañana llegan las plantas, o sea que ya podemos empezar a ubicar los senderos y señalar donde vamos a plantar grupos de árboles.

Padilla, hincha y benefactor del Defensor Cuyum, se había ingeniado para conseguir tiza de la que se usa para marcar el campo de juego y enseguida empezó el delineado con ovillos de pabilo que se ataban a estacas clavadas en el suelo para asegurar un trazado recto. Gozaba como un chiquillo empujando la pequeña carretilla que al rodar liberaba la cantidad de tiza necesaria para el trazado.

Cuando al día siguiente llegaran las plantas, el canto rodado y el cascajo de mi amigo Freddy, todos sabrían exactamente donde colocarlos. También se reservaría y aplanaría alrededor del parque una franja que más tarde, cuando tuviéramos los fondos necesarios para comprar el cemento, se convertiría en la vereda periférica.

Nos quedaba mucho por hacer, pero todos estábamos tan dichosos que ya podíamos vislumbrar nuestro parque. Lo único que faltaba por decidir era el nombre que le íbamos a dar y eso también fue motivo de una amplia polémica. Cada uno quería hacer prevalecer el que le parecía más apropiado. De hecho, se presentaron tantas sugerencias como habitantes había en La Esperanza. Padilla abrió el debate:

—A mí me gustaría que se llamara Parque del Carmelo, porque como ustedes saben, yo soy muy devoto de la Virgencita del Carmen. Todos los años le organizo su fiesta, le compro un vestido nuevo y una peluca para que esté bien bonita en la procesión, y después de la kermés le hago quemar un castillo. Ya se acerca el 16 de julio, su día, y podríamos aprovechar para inaugurar el parque en esa fecha. Ella es muy milagrosa, nunca me ha fallado, y si le dedicamos el parque nos va a bendecir a todos.

Panta, impaciente, porque no era muy dado a las devociones ni a los rezos y todo lo que oliera a incienso lo ponía frenético, se inclinaba por algo más tradicional. Intervino un poco acalorado:

—Déjese de cucufaterías, pues, compadre. Si le ponemos el nombre que usted sugiere, todos los demás van a querer nombrarlo como su santo predilecto y jamás nos vamos a poner de acuerdo. A mí me parece más apropiado el nombre de "Plazuela Central de La Esperanza".

El cura Huillca, que hasta ese momento se había mantenido al margen, finalmente se decidió a intervenir.

—No, don Hilario, si le ponemos ese nombre, Vera Jara va a querer aprovecharse de inmediato y a tratar por todos los medios de usar nuestro parque como su plataforma electoral. No olviden que ya se acercan las elecciones y este parque es lo único bueno y nuevo que ha sucedido en La Esperanza en todos sus años de ejercicio en el cargo. No va a dudar en utilizar todas las armas a su alcance para que en Lima crean que él es un gran alcalde y ha construido el parque pensando en nosotros.

Fukunaka, que presenciaba el debate con una expresión divertida en el rostro, intervino:

—Compadres, ¿por qué no se dejan de tonterías? Lo importante no es el nombre, lo importante es que donde teníamos un botadero pronto vamos a tener un parque y nuestras familias ya no respiran el aire viciado de la basura. Todo lo demás es secundario. Si quieren, yo también puedo proponer un nombre: vamos a llamarlo «Parque Rosita», así mi mujer va a estar contenta y quizá hasta deje de pegarme tanto.

Las risas que provocó la alocución de Fukunaka despejaron la tensión que había generado la cuestión del nombre y, luego de contemplar todas las sugerencias y descartar la mayoría de ellas, pusimos al voto las que quedaron.

Yo no había intervenido por delicadeza. No quería imponer nada que pudiera ser mal interpretado después, pero finalmente Fukunaka me preguntó:

—Y usted, señito, ¿tiene algún nombre que sugerir? Es su parque, su idea, ¿tiene algún favorito?

—Para comenzar no es mi parque, Ichiro. Es cierto que la idea fue mía, pero nunca hubiera sido posible llevarla a cabo sin el entusiasmo y la cooperación de todos ustedes, por lo tanto el parque pertenece a todos los habitantes de La Esperanza. Yo cualquier día me iré, pero ustedes, sus hijos y nietos lo van a disfrutar para siempre, pero... sí, en mi pensamiento siempre lo he llamado «El Parque de los Sueños», porque así fue como comenzó todo, con un sueño.

—Pero qué nombre más bonito, exclamó la señora Luzmila Panta, me parece que todos estaremos de acuerdo en que así se debe llamar, «El Parque de los Sueños», porque la transformación de que hemos sido testigos desde que llegó Verónica a nuestro barrio y nos transmitió su sueño, es algo que no nos habíamos atrevido a soñar antes y ahora se ha convertido en el sueño de todos los que participamos en él. También esta moción se aprobó por unanimidad y al final de la sesión se acordó que, como la municipalidad no lo iba a hacer y no había dinero para pagar jardineros, cada vecino se ocuparía de regar, desyerbar y mantener el tramo frente a su vivienda.

CAPÍTULO 19

La construcción de «El Parque de los Sueños» estuvo plagada de acontecimientos que pusieron a prueba la voluntad de los vecinos de llevar adelante el proyecto. El primero de ellos, muy ingrato y lamentable.

Después de trabajar arduamente durante varios días, terminamos de trazar y delinear los senderos con las piedras blancas y rellenamos el espacio entre ellas con el cascajo de ladrillo que nos donó Freddy, el efecto que habíamos logrado era muy atractivo. Las piedras blancas resaltaban sobre el color rojo del ladrillo. Los caminos se veían muy rectos y ordenados y ya se empezaba a visualizar lo que sería una vez acabado. Terminamos de trabajar con la última luz del día, todos estábamos muy cansados pero satisfechos con la labor realizada.

Esa misma noche, cuando todos dormían, entró una pandilla de «palomillas» de Cuyum, al menos esa fue la versión oficial del guardia civil que vino a investigar el caso —aunque todos estábamos seguros de que habían sido los sicarios de Vera Jara, pero no podíamos probarlo— y arruinaron todo lo que nos había costado tanto sudor crear: desenterraron, aparentemente a puntapiés, las piedras blancas que habíamos insertado cuidadosamente en la tierra y las mezclaron con el ladrillo molido. Además, dejaron esparcidas por todo el parque gran cantidad de botellas de cerveza y latas de gaseosa vacías, así como incontables colillas de cigarrillo.

Hilario Panta se tomó a pecho la agresión y consideró este acto de vandalismo como una afrenta personal, ya que él había sido encargado de la seguridad. Así que, inmediatamente, organizó rondas de vigilancia para impedir que volviera a ocurrir algo semejante. Por suerte, todavía no habíamos sembrado los árboles y demás plantas que aún descansaban en el jardín de su casa y el daño se pudo reparar con unos cuantos días más de trabajo.

Transcurrieron dos semanas más sin mayores alteraciones y naturalmente empezamos a bajar la guardia, sobre todo durante el día cuando había mucha gente alrededor.

En medio del bullicio causado por muchas voces de hombres que bromeaban entre sí, mujeres que comentaban sus asuntos domésticos, niños que gritaban o lloraban, perros que ladraban y el resonar de las lampas contra las piedras que eran removidas del terreno, nadie oyó llegar al carro patrullero de la ciudad de Cuyum. Cuatro miembros de la policía se bajaron de él y paseando altaneros alrededor del parque, mostraban sus armas en actitud amenazante. No emitieron una palabra, solo observaban todo a través de los anteojos tipo «Ray-Ban» que recibían como parte del uniforme y que al parecer les gustaban mucho porque no se los quitaban ni de noche.

Después del paseíllo intimidatorio, uno de ellos elevando la voz como si estuviera en el cuartel, preguntó:

— ¿Quién está a cargo?

Cuatro hombres, Panta, Padilla, Hombre y Fukunaka se separaron del grupo de trabajadores enfrentando a cada uno de los policías:

—Nosotros, los pobladores de La Esperanza estamos a cargo —
dijo Fukunaka con su voz estruendosa. — ¿Se les ofrece algo?

—Necesitamos ver su licencia de construcción otorgada por
la municipalidad. Por favor, sus papeles. —Dijo el que llevaba la
voz cantante, que ya empezaba a mostrar síntomas de nerviosismo
al tener que representar un papel que él sabía no tenía ni pies ni
cabeza—siendo lugareño estaba muy consciente de que el terreno
había sido un muladar y hasta el momento lo único que se había
hecho era limpiarlo. También sabía por los comentarios oídos en el
mercado donde trabajaba su mujer, que la intención era convertirlo
en parque. Quizás, algún día sus hijos jugarían ahí, por lo que le
molestaba enormemente la desagradable misión que le había sido
impuesta.

— ¡¿Qué?! —Exclamaron a una voz los cuatro amigos— que
aunque sabían que Vera Jara no se detenía ante nada para lograr sus
torvos propósitos, nunca dejaban de asombrarse ante las nuevas
modalidades delictivas que ideaba para aprovecharse del cargo.

Una vez pasado el efecto de la sorpresa, Fukunaka emitió una
estrepitosa carcajada la que fue coreada por todo el vecindario,
convirtiéndose en un coro de risas que contagiaba hasta a las
personas que pasaban por ahí y que no sabían lo que estaba
ocurriendo. Para ese entonces los guardias parecían perros
apaleados que lo único que querían era meter el rabo entre
las piernas y desaparecer lo más pronto posible, antes que les
empezaran a llover piedras y ellos, sin quererlo, tuvieran que
usar la violencia contra unas personas que eran sus vecinos y
amigos, nunca les habían hecho nada y sobre todo que no estaban
transgrediendo ninguna ley.

—Dígale a su alcalde que el que necesita papel es él, pero papel
higiénico para limpiar todas las cagadas que hace y también dígale

que si nos vuelve a mandar a su banda de delincuentes se las va a tener que ver con todo el pueblo de la Esperanza. Ya estamos hartos de sus abusos y no le vamos a tolerar ni uno más.

El policía, en su confusión, se le cuadró haciendo un saludo militar como si estuviera frente a un general y mascullando entre dientes unas palabras que nadie entendió, reunió a sus compañeros y se marcharon tal cual habían llegado, silenciosamente.

Los pobladores de La Esperanza no podían contener su hilaridad cada vez que recordaban el incidente que se insertó como una página más en el anecdotario de la construcción del parque.

A partir de ese momento los días transcurrieron, uno tras del otro, sin incidentes que perturbaran la paz. Se había realizado la mayor parte de la labor hasta el momento y ya no era necesaria la participación diaria de todos los vecinos, como al principio. No había suficiente trabajo y el espacio físico se veía recortado conforme avanzábamos con los senderos y lechos de flores, por lo que establecimos turnos. Unos sembrarían el pasto, otros las flores, y al final todos volveríamos a poner juntos el hombro para plantar los árboles. Estos requerirían más dedicación y había que cavar agujeros grandes y profundos para que las raíces pudieran alcanzar la napa freática y absorber la humedad necesaria para evitar que, eventualmente, el árbol se agostara y muriera.

El día que se iba a proceder a la siembra, Anita me acompañó, como habíamos convenido, para supervisar la colocación armónica de las plantas.

—Don Hilario, Iskay, Toribio: debo decirles que yo no sé nada de plantas —dijo la joven— mi consejo es estético nada más pero siendo los más entendidos en agricultura, a ustedes les corresponde dar la aprobación final para el sembrado de los arboles. Lo que en mi dibujo les parece tan bonito, puede ser desastroso en la realidad.

Tiene razón, dijo don Hilario, ya que cada especie tiene diferentes necesidades de agua y luz y como con el tiempo van a alcanzar diferentes alturas, es necesario planear muy bien su ubicación para evitar que la sombra de uno le impida crecer al otro.

—También las plantas pequeñas se deben sembrar lejos de los árboles, solo algunas crecen a la sombra, como los helechos, pero mayormente las que tienen hojas verdes y flores, necesitan del sol para vivir y prosperar, dijo Toribio.

—Las necesidades de agua son asimismo diferentes, así que debemos agrupar las plantas similares para luego distribuir el riego apropiadamente. No queremos que algunas plantas se nos sequen hasta morir mientras ahogamos a las otras, apuntó Iskay—.

—Como ustedes son los que conocen de esto, debemos hacer una lista de todas las plantas y las observaciones que corresponden a cada una de ellas — apoyé — así Anita puede hacernos el plano final y nosotros tendremos una idea bastante aproximada de donde sembrarlas y como se van a ver. Vamos a examinar los árboles para contemplar y anotar los varios factores que se deben tener en cuenta para su mejor ubicación, sugerí.

Todos estábamos distraídos, sin sospechar lo que ocurriría unos segundos más tarde. Repentinamente, oímos un chirrido de frenos y el escalofriante golpe que le siguió: un chofer de taxi que, tal vez sorprendido porque la última vez que había pasado por ese lugar todavía era un basural, o quizás distraído por el movimiento desusado y la cantidad de gente que había trabajando en la zona, aparentemente no lo vio y atropelló a Marcos Panta, que hacía rato estaba montando despreocupadamente su bicicleta alrededor del parque. Salieron volando el niño por un lado y la bicicleta por el otro y los que presenciamos el accidente por un momento nos quedamos paralizados y mudos de espanto antes de correr en su auxilio.

Su madre, la señora Luzmila, gritaba desgarradoramente:

—Mi hijito, Marcos, ¡ay Dios mío!, creo que está muerto, no se mueve. ¡Marcos, Marquitoooooooos!

Sus esfuerzos por correr eran doblemente dramáticos, dada la artrítica rigidez de sus piernas que la afectaba desde hacía ya varios años. En medio de la confusión general, miré hacia donde estaba don Hilario y me di cuenta de que estaba a punto de colapsar. Si no estaba sufriendo un ataque cardiaco, le faltaba muy poco. Su rostro, normalmente encarnado, se había tornado cenizo y era evidente que tenía dificultad para respirar, la mirada vaga y estaba empapado en sudor de pies a cabeza. Yo había visto estas manifestaciones anteriormente —uno de mis tíos una vez sufrió un infarto— y corrí para tratar de tranquilizarlo. Lo ayudé a sentarse e hice que alguien le alcanzara un vaso de agua, eso era todo lo que me atrevía a hacer porque no conocía el procedimiento adecuado y si, como temía se trataba de un infarto cardiaco, le podía hacer más daño que bien. La señorita Lydia, era la única con conocimientos de medicina, pero no estaba disponible, en ese momento: había corrido al lado de Marquitos para auxiliarlo.

Me quedé con él, hablándole todo el tiempo. —Don Hilario, no se preocupe, acabo de ver a Marcos hablando con la señorita Lydia.

— ¿De verdad gringuita? ¿No me estas engañando?

—No lo engaño, don Hilario, le aseguro que ella tiene tanta experiencia en su trabajo que es casi lo mismo que si su hijo estuviera en las manos de un doctor. La señorita Lydia sabe exactamente qué hacer y por lo tanto Marquitos está en las mejores manos.

Mientras tanto, alguien había corrido a llamar al doctor Morán, médico de Cuyum, y éste en ese momento llegaba a bordo de la única ambulancia del pueblo, solamente para constatar que Marcos se encontraba, en efecto, en buen estado. El único daño sufrido era una pierna rota, y la farmacéutica había realizado un excelente trabajo al entablillársela. En esos momentos lo que más me preocupaba era el estado de don Hilario Panta y al parecer, alguien más se había percatado porque el doctor se acercó a verlo.

Le midió la presión, le auscultó los latidos del corazón durante varios minutos y le puso una pastillita de nitroglicerina debajo de la lengua.

—Vamos a ver don Hilario, ¿Qué pasa? ¿No le gusta que otro sea el centro de la atención? Le dijo amablemente para disipar un poco la tensión que mostraba el rostro del señor Panta. Marcos está muy bien, lo único que tiene es una pierna rota que la señorita Lydia ya se encargó de arreglar y que sanará en menos de lo que canta un gallo, no se preocupe, los niños son así, parecen hechos de jebe y se recuperan muy rápido.

Por el momento no he detectado ningún signo de infarto, agregó, esta vez dirigiéndose a los que estábamos rodeando a don Hilario, pero es necesario que el señor Panta se tranquilice y vaya a descansar a su casa. Eso sí, si vuelve a sentir cualquier malestar no duden en llamarme a cualquier hora del día o de la noche para tomarle un electrocardiograma como precaución.

La mirada y el suspiro de alivio de don Hilario nos dijeron a las claras que lo peor había pasado y que felizmente el incidente no había llegado a poner en peligro la vida de este personaje tan querido y respetado entre la comunidad de La Esperanza.

Fuera de unos cuantos «accidentes de trabajo» más que casi todos sufrimos en un momento u otro, y que por suerte no pasaron de unos cuantos cortes, arañones y golpes que fueron rápidamente atendidos por la «Comisión de Salud», la tarea del sembrado transcurrió sin otros incidentes. Cada día nuestro inventario de plantas se veía incrementado con obsequios de la gente de Cuyum que, entusiasmada por el progreso que observaba, nos traía de sus propios jardines geranios, margaritas, yerberas, mastuerzos, girasoles y otras variedades que, sumadas a los rosales, verbenas y jazmines que me regaló mi amigo Freddy, iban a convertir nuestro parque en un colorido y perfumado vergel.

Cada sector fue cuidadosamente planeado siguiendo las indicaciones de Anita y los «expertos», como habíamos empezado a llamarlos. Donde volteaba la mirada, veía invariablemente un rostro sonriente inclinado sobre uno de los lechos que habíamos trazado entre los senderos, sembrando o regando amorosamente una de las plantas que habíamos repartido equitativamente.

Mientras obteníamos el dinero para comprar o mandar a hacer la fuente, reservamos una rotonda al centro del parque y, para dar colorido al área donde eventualmente se colocaría la pila, sembramos una buena cantidad de decorativas "canas", las humildes y vistosas flores que crecen al borde de las acequias y ríos y no cuestan nada, están a disposición del que las quiera o las necesite. Nosotros hicimos una selección con las más coloridas. Las escogimos desde casi negras hasta blancas, pasando por diversos matices de rojo, amarillo y naranja. Y con sus hojas, en algunos casos de color verde brillante y en otros casi moradas, logramos un efecto policromo muy impactante y de gran belleza.

Los árboles fueron repartidos siguiendo el mismo criterio de los «expertos». Teníamos en nuestro haber cuatro ficus, cuatro molles y cuatro palmeras que plantamos formando grupos en cada esquina. Dos limoneros, un manzano y un granado también encontraron sus lugares y finalmente, entre risas, bromas, cantos, comilonas y una que otra copita de guinda, un día nos dimos cuenta de que nuestro sueño se había vuelto realidad. Por el momento, no quedaba nada más por hacer.

Ninguno de nosotros podrá olvidar jamás el compañerismo y el ambiente afectuoso y solidario de aquellas horas intensas. Los recuerdos de aquellas jornadas de labor y la satisfacción de haberlas realizado en equipo y en perfecta armonía, eran casi tan preciosos como nuestro parque.

Sin duda uno de los más bellos momentos lo proporcionó Kukuyu: una mañana, en el preciso instante en que se aprestaba junto con otras señoras a sembrar uno de los limoneros, sintió que se le rompía la fuente y empezó la labor de parto. Fue llevada apresuradamente a la enfermería improvisada en casa de los señores Panta y, sin perder un momento, Toribio e Iskay fueron a buscar a la señorita Lydia Espinoza. A todos nos parecía una maravillosa señal de buen augurio el nacimiento de una criatura en nuestro parque y esperábamos, ansiosos, el momento de oír su primer llanto. Cerca de las nueve de la noche la señorita Lydia salió con una radiante sonrisa en el rostro y nos anunció que Urpi había hecho su entrada al mundo con un poderoso chillido y que podríamos verla apenas la señora Luzmila la limpiara y acomodara en el pecho de Kukuyu, porque aparentemente tenía mucho apetito y estaba buscando mamar desde el momento en que abandonó el vientre de su madre.

Cuando llegó el momento de conocer a la recién nacida, entramos al cuarto y encontramos a un Toribio orgullosísimo que miraba a su mujer y su hijita desbordante de amor. Al día siguiente le pidió al cura Huillca que los casara. Quería ofrecerle a la niña todas las ventajas que él nunca tuvo.

CAPÍTULO 20

No quedaba mucho mas por hacer, excepto vigilar mientras los árboles se aclimataban y cimentaban. Esto nos tenía un poco preocupados, ya que no siendo el terreno fértil ni húmedo, las raíces tenían que buscar agua y sustento mucho más profundamente que si lo fuera. A pesar de la tierra agrícola que le habíamos esparcido encima, el terreno seguía siendo básicamente un arenal y, cayendo tan poca lluvia, si no los regábamos lo suficiente, corríamos el riesgo de que los árboles murieran en el intento. Lo mismo ocurría con el pasto. Sin embargo las flores, que necesitaban menos fondo, empezaron a crecer y echar brotes casi en seguida.

Cada vecino cumplía religiosamente con su deber de regar y librar de hierbas malas la parcela del parque que le había sido encomendada y pronto empezamos a ver los frutos de esta dedicación. Al comienzo de la primavera, en octubre, El Parque de los Sueños era una bella realidad. Aún le faltaban muchos retoques, pero ya se percibía cómo iba a ser cuando estuviera completo.

El cura Huillca, por sus obligaciones no había participado activamente en la construcción, pero su familia sí y cada vez que tuvo un rato libre, se había dejado caer por la obra para seguir de cerca su avance. Por eso, cuando le hablamos de la inauguración y bautizo del parque y le solicitamos que fuera el encargado de la ceremonia, se sintió muy honrado y feliz. Vera Jara no iba a poder entrometerse en la celebración ni adjudicarse ningún crédito. Nadie se lo iba a permitir. Por unanimidad me confirieron el título de «madrina del parque», cosa que yo acepté con humildad y agradecimiento. Era la prueba final de que me habían aceptado como uno de ellos.

La fiesta que siguió fue algo nunca visto en el modesto vecindario. El Parque de los Sueños se engalanó con las guirnaldas de luces que los vecinos que contaban con luz eléctrica, tendieron de casa a casa y de un lado a otro para iluminarlo.

Junto a las chozas donde vivían Santusa e Iskay, Toribio Hombre y Kukuyu y las otras familias recién llegadas de la sierra, había un terreno baldío que fue designado para cavar el hoyo para la «pachamanca» con que se iba a inaugurar el parque. Toribio era el experto «pachamanquero». En su tierra se había especializado en esta forma de cocinar al participar en muchas celebraciones, e Iskay y sus compañeros, siguiendo sus instrucciones cavaron con anticipación el gran agujero, que sería forrado con piedras y calentado a fuego de leña veinticuatro horas antes. La «pachamanca» iba a ser la mayor que se hubiera visto en los alrededores; ni siquiera en Cuyum se había visto nunca una igual.

Doña Rosita y las otras señoras que conformaron la «Comisión Alimentaria», fueron encargadas de macerar, con diferentes condimentos, todas las carnes que se acompañarían con los vegetales obligatorios: habas, ollucos, choclos, papas, camotes, yucas y hasta plátanos.

Otro grupo comandado por Padilla hirvió el maíz y puso a fermentar la Chicha de Jora. Y como los fondos para la celebración se habían quedado cortos decidimos entre todos destinar una pequeña suma del dinero que aun teníamos guardado para construir la pila y las veredas, para comprar algunas docenas de botellas de cerveza y unas cuantas de pisco, era necesario ponerse «un poquito alegres», como comentó Fukunaka. Una botella del más fino pisco puro de uva, fue adquirida especialmente para la ofrenda a la Pacha Mama que seguiría a la bendición del parque. Había que quedar bien con todos los dioses, por si acaso.

Desde temprano el aire se fue impregnando con aromas apetitosos que, anticipando los manjares con que nos deleitaríamos, nos volvían agua la boca; una cacofonía de quenas, charangos, zampoñas, guitarras y hasta cajones se escuchaba por todas partes mientras sus propietarios ensayaban para la gran fiesta que desde su inicio resultó como la habíamos planeado; los asistentes estábamos relajados y felices con la satisfacción del deber cumplido y había llegado la hora de celebrarlo. Todos juntos comimos, bebimos, cantamos y bailamos en el tabladillo que un grupo de jóvenes había armado para tal fin a un costado del parque.

Uno por uno o en grupos iban subiendo al escenario los pobladores que interpretaban su música regional. Los huaynitos, valses, marineras, polkas y tonderos se sucedían para gran regocijo de los asistentes, que festejaban cada actuación con grandes aplausos.

En aquellos años, fines de los sesenta y comienzos de los setenta, el «rock and roll» estaba en todo su furor y los hijos de Fukunaka y sus amigos, habían formado, como muchos otros jóvenes de la época, un conjunto musical que se especializaba en este tipo de música y ofrecieron voluntariamente para amenizar la reunión. Resultó ser un gran conjunto. Los músicos gozaban tocando sus diferentes instrumentos y la imitación de Elvis Presley que hacia el vocalista era lo suficientemente parecida al original como para provocar aullidos histéricos entre las jovencitas.

Mientras tanto, sentada en una silla yo me limitaba a marcar el ritmo de la música con manos y pies y Padilla viendo que, por falta de un compañero, mi participación en la fiesta era muy limitada, se acercó y con una venia exagerada me invitó a bailar:

—Vamos a mover el esqueleto, madrina. ¿Qué es eso de pasarse la noche planchando? ¿Para qué estamos sus amigos de La Esperanza? Y sin darme mucho tiempo para pensarlo me arrastró hasta el centro de la pista de baile y empezó a dar saltos a mi alrededor como un poseído.

Yo trataba de ajustarme a sus complicados pasos y zapateos y en ese momento pensé que no lo estaba haciendo tan mal, pero ahora que lo pienso de nuevo, quizás fue la compasión lo que los llevó a aplaudirme a rabiar, o tal vez con el aplauso ocultaban la hilaridad que les provocaban mis torpes pasos cuando, levantando las piernas de mis "blue jeans" como si fuera una pollera, empecé a danzar con Padilla que cantaba a todo pulmón:

> *Y cómete la papa y déjame el cuy,*
> *Y cómete la papa y déjame el cuy.*
> *Huaray que si, huaray que no,*
> *Me estás queriendo y dices que no.*

A la invitación de Padilla siguieron las de Fukunaka que me hizo girar al ritmo de un vals muy acompasado:

> *Escucha, amada mía,*
> *la voz de los cantares*
> *que brotan de mi lira*
> *cual desolado son.*

Malévola es tu ausencia
temiendo mil azares,
enferma tengo el alma
y herido el corazón.

Otros más que al parecer se habían sentido cortos de invitarme a bailar, al ver cómo me divertía, se animaron a hacerlo. Entre ellos estaba el jefe de Iskay que era chiclayano y pretendió hacerme bailar un tondero:

Para bailar tondero netamente de Morropón,
Tiene que haber primero un repique en el cajón.
Entonces el bordoneo firuleteando empezará
Y luego el rasqueteo de las guitarras retumbará

Nunca lo había hecho antes y sigo sin poder hacerlo, va mucho más rápido y exige mucho más agilidad de lo que me permiten mis habilidades como bailarina, que a decir verdad son muy pocas. Con eso tuve bastante para una noche. Le agradecí y volví a mi asiento con alivio para seguir participando de la fiesta, pasivamente.

Sin decirle nada a nadie, Padilla, había ordenado la construcción de un «castillo» para el fin de fiesta. Era conocida por todos su gran afición a los fuegos artificiales y cada vez que la ocasión lo ameritaba, contrataba a una compañía de Cuyum, la de los tres hermanos Lau Chang, expertos pirotécnicos. Cuando todos estábamos distraídos y las voces habían aumentado de volumen y se habían vuelto más chillonas con el alcohol consumido, Padilla hizo una señal a los encargados que trasladaron con cuidado la débil estructura de cañas situándola en el centro del parque.

De pronto, se oyó una leve explosión que nos sobresaltó. —El primer pensamiento en la mente de todos fue que Vera Jara estaba intentando boicotear nuevamente la inauguración de nuestro parque— y todos volteamos a mirar de donde venia, justo en el momento en que empezaba a arder la primera etapa del castillo con un ostentoso despliegue de luz y color. Cuatro avioncitos «despegaron» casi al inicio, provocando exclamaciones de admiración y conforme se quemaba una etapa, la débil llama avanzando lentamente hacia arriba encendía la siguiente, que sucesivamente se presentaba girando en forma de rehiletes, brotando a chorros como de una fuente mágica, y, poco a poco, iba llegando al tope para el esperado «vuelo de la paloma». Cuando éste se produjo y todo lo que quedaba del castillo era una estructura humeante, unos cuantos espontáneos pidieron a la orquesta la «marinera de fin de fiesta» y se lanzaron a bailarla con entusiasmo. Nos divertimos muchísimo, pero al terminar la marinera estábamos tan exhaustos que con las escasas fuerzas que nos quedaban lo único que anhelábamos era poder llegar a nuestras viviendas para descansar.

TERCERA PARTE

CAPÍTULO 21

El público que madrugaba para adquirir su ejemplar del diario local «La Estrella de Cuyum», solía barrer con la mirada los titulares de las principales noticias, dejando su lectura para después del desayuno. Sin embargo, en el camino a casa, lo hojeaba ávidamente buscando los artículos de un acucioso periodista llamado Gabriel Farfán, que no solo tenía una habilidad especial para seleccionar y poner de relieve los acontecimientos más importantes de la ciudad, sino que los narraba con veracidad y honradez. Intensamente identificado con su profesión, siempre buscaba el lado humano de la noticia y poseía un don particular para hacer que la entrevista, el reportaje o el simple relato de un suceso ordinario, capturara la atención de los lectores que siempre se quedaban con ganas de seguir leyendo.

Cuando se enteró de que la gente de La Esperanza estaba construyendo un parque donde antes hubo un basural, vio la oportunidad de hacer una serie de reportajes en torno a la gesta que calladamente se estaba llevando a cabo en ese olvidado rincón del planeta.

En una serie que tituló «Cuando Los Pobres se Atreven a Soñar» empezó a publicar artículos sobre la lucha esforzada de la gente sencilla que vivía en la zona, mencionando el inicio de «El Parque de los Sueños» y los éxitos y desilusiones que experimentaban los humildes pobladores en su anhelo por mejorar el ambiente que los rodeaba, así como los progresos obtenidos diariamente.

Paralelamente inició una serie de entrevistas a los primeros pobladores del lugar y dialogó por turnos con Faustino Padilla, Hilario Panta e Ichiro Fukunaka. También buscó las declaraciones del cura Ambrosio Huillca, la farmacéutica Lydia Espinoza y la señora María Salgado, maestra de la Escuela Fiscal # 454 de Cuyum, la que a través de las narraciones de sus alumnos conocía a fondo los pormenores de todo el proceso. A su debido tiempo, me solicitó una entrevista como la iniciadora y promotora del parque, invitación que decliné. Prefería que fueran los propios vecinos los que contaran, con su sencilla elocuencia, las efemérides de El Parque de los Sueños.

Aunque el periodista ya tenía una idea bastante clara de la situación, sus entrevistas con los diferentes personajes le confirmaron las dificultades que debía afrontar cada día la ciudad: El alcalde no hacía nada por evitar los accidentes, que se producían a diario, porque nadie reparaba los baches y se carecía de alumbrado público; su indiferencia ante la falta de veredas, que los obligaba a caminar compartiendo las pistas con los vehículos, generalmente con resultados mucho más graves que la rotura de una pierna o un brazo; la iniquidad que significaba el tener un solo surtidor de agua para todo el asentamiento humano; su indolencia ante la carencia de un servicio de recojo de basura y limpieza de calles, que ponía en riesgo la salud de grandes y pequeños; la exasperación por tener que enfrentarse constantemente con las autoridades municipales y la humillación que significaba ser ignorados en cada uno de los intentos por obtener servicios básicos que era obligación del municipio proveer.

Esta insatisfacción sumada a los altos impuestos creados por Vera Jara había ido acumulando en sus pechos un rencor y un sentimiento de frustración que, por fin, ahora que alguien les daba la oportunidad de ventilarlos salía a borbotones. Todos ellos contestaron a sus preguntas con sencillez y honestidad. Cada uno le contó la misma historia en sus propias palabras y Farfán se las ingenió para extraer los pasajes más coloridos de cada entrevista. El periódico tuvo que doblar su tiraje porque las ediciones de la mañana eran prácticamente arrancadas de las manos de los vendedores. Todo Cuyum se volcaba tempranito a comprar el diario.

No faltó quien le mostrara la serie de reportajes al alcalde Vera Jara, quien de inmediato quiso neutralizar la mala impresión que estaban causando entre la población y sobre todo, en Lima que era realmente lo único que le importaba. Vio, al mismo tiempo, la oportunidad de capitalizar el mérito de la construcción del parque y mandó a llamar a Farfán para brindarle «declaraciones».

Conociendo de antemano las intenciones del alcalde, Gabriel llegó acompañado de su fotógrafo. Vera Jara había mandado limpiar y ordenar su oficina. En la pared de atrás, el escudo de la ciudad había sido pulido y refulgía sobre el escritorio donde hizo colocar un florero con flores frescas y una banderita peruana. Había montado un escenario que resultaba risible, por decir lo menos, dada la falta de interés que siempre había demostrado por los asuntos municipales.

Apenas le anunciaron que Farfán había llegado al concejo, se levantó de su sillón y, con la mejor de sus sonrisas, salió a la puerta a recibirlo.

—Pase, pase, amigo Farfán, tome asiento.

Mientras el fotógrafo montaba su trípode y ajustaba cámara y luces, el alcalde, cerciorándose de que la grabadora estuviera encendida, engoló la voz y empezó a hablar, antes de que nadie se lo solicitara.

—«*Lo he hecho venir, en primer lugar, para agradecerle la serie de reportajes que ha publicado sobre mi querida ciudad. Eso era lo que necesitábamos para que la gente del resto del país se entere de mi eterna preocupación por mejorar las condiciones de vida de los habitantes de este distrito. Sólo el amor que siento y mi profunda compasión por 'estas gentes', a muchos de los cuales he visto crecer y considero como a mis propios hijos, me mantienen en esta lucha sin cuartel contra la pobreza y el subdesarrollo. No creo pecar de inmodesto al decirle que yo, Antonio Humberto Vera Jara, he sido iluminado por Dios y la Virgen Santísima* —en este momento se le aguaron los ojos, que miraban hacia el cielo— *para crear este parque que va a servir no sólo para la recreación de mi querido pueblo sino como un medio para sanear el medio ambiente que ha sido tan descuidado por 'esta pobre gente tan ignorante' que tira sus desperdicios sin saber que daña su salud y la de sus familiares*».

Se fue entusiasmando tanto con su alocución, que terminó hablando de «*la invasión por elementos 'subversivos, comunistas y agentes extranjeros, sufrida últimamente por Cuyum, y que venían a alterar el orden en su querida ciudad y sus distritos.' No solo tengo que luchar contra la pobreza y la ignorancia sino contra los 'malos elementos' llegados recientemente. Mi tarea no es nada fácil, amigo Farfán*».

Al llegar a este punto, Gabriel Farfán, que ya sentía ganas de vomitar. El conocía la historia de La Esperanza y su lucha de muchos años por lograr de este alcalde —que sólo se llenaba los bolsillos sin importarle un rábano la suerte que corrieran «sus hijos»— alguna mejora para su pueblo, apagó la grabadora y, sin consideración alguna por la «alta investidura» de su interlocutor, le espetó:

—Bueno, señor alcalde, ahora vamos a hablar en serio.

— ¿Cómo te atreves, mequetrefe? —le respondió el alcalde, rojo de ira.

— En primer lugar, yo no solicité esta entrevista —dijo Farfán—: fue usted quien me llamó para pronunciar lo que más parece un discurso de plazuela con miras a una elección. Y en segundo lugar, la historia del «Parque de los Sueños» la conozco muy bien por boca de sus reales autores y, según he escuchado, la única vez que usted ha intervenido ha sido para mandar a una pandilla de sus matones personales a destruir el trabajo esforzado de «esta gente tan ignorante», como usted la llama. Tiene usted suerte de que yo no haya publicado esa historia aun, pero estoy tentado de hacerlo en cualquier momento.

— Vamos, Filomeno —le dijo a su fotógrafo y los dos, profundamente asqueados, abandonaron el local de la municipalidad.

Al día siguiente apareció la entrevista a Toribio Hombre, uno de los «recién llegados subversivos». Las respuestas precisas y claras acerca de su presencia en La Esperanza, de su pasado sin horizontes y de sus deseos de asentarse y labrarse un porvenir en esa localidad le dieron a Farfán el material que necesitaba para cerrar su serie de entrevistas con la nota humana que era su característica.

Los artículos de Farfán, diariamente, atraían una cantidad de visitantes que querían ver el parque y entrar en contacto con los personajes que habían hecho posible su realización. A casi todos los conocían de toda la vida pero a la luz de su recientemente estrenado estrellato periodístico, cobraban una nueva dimensión ante sus ojos. Era casi como salir del cine, y de pronto ver al actor que acababan de admirar, caminando hacia donde ellos se encontraban. Todos querían hablar con los vecinos, muchos traían plantas, y algunos hasta ofrecían donaciones en efectivo para la pila y otros adornos.

Pero así como las noticias llegaban hasta los oídos de gente buena, también llegaron a los de un embaucador que creyó tener en sus manos la oportunidad de estafar fácilmente a los pobladores de La Esperanza.

CAPÍTULO 22

No había más que darle una ojeada a su aspecto para detectar todas las características del charlatán. Se llamaba a sí mismo «Lorenzo, el Magnífico» y vestía una camisa de poliéster brillante con cuello larguísimo y los diseños psicodélicos en boga, que combinaba con chaleco y pantalón blancos, zapatos de dos colores y en la mano izquierda, un inmenso anillo dorado que, en el colmo del mal gusto, ostentaba una cabeza de tigre con los ojos representados por dos «esmeraldas». No se necesitaba ser conocedor para darse cuenta, a primera vista, que las pretendidas piedras preciosas eran dos vulgares pedazos de vidrio verde.

Al desplegar su sonrisa de piraña, —así la catalogué, debido a mi eterna costumbre de asociar las facciones humanas con las de animales—mostraba un diente de oro que al parecer era una de sus posesiones más valiosas, pues siempre se ponía de cara al sol para deslumbrar a sus interlocutores con sus destellos. Una vez seguro de que su presencia había despertado la curiosidad de la gente, subió a un pequeño estrado construido con cajas de madera vacías y empezó su discurso.

—«Damas y caballeros de Cuyum, permítanme presentarme:

Mi nombre es 'Lorenzo, el Magnífico' y estoy aquí para informarles que dentro de dos días estará llegando de Europa una *troupe, que con mi experiencia de muchos años como organizador de espectáculos, maestro de ceremonias y propietario de 'El Circo del Sol' he logrado reunir para ofrecerles el espectáculo más variado y emocionante que se haya presentado nunca en este país.*

Al leer conmovido los artículos acerca del 'Parque de los Sueños' en el periódico, he querido rendir homenaje a los esforzados pobladores de La Esperanza. Por esa razón vamos a tener el honor de debutar en la Plaza de Armas de Cuyum sin cobrar un sólo centavo por esta presentación que a la vez de entreteneros va a medir el interés del culto público.

Sabemos que, aunque concebidos para agradar a las más selectas audiencias, algunos de nuestros actos necesitan ser acomodados a las preferencias de los distinguidos pobladores de la zona. Establecer cuáles son los más populares es nuestra primera prioridad para poder brindarles el mejor de los espectáculos. Esta continua preocupación por satisfacer los gustos más exigentes es la que ha construido nuestro bien ganado y reconocido prestigio. Aunque periódicamente renovamos nuestro 'repertoire' —aquí hizo destellar el diente de oro— los gustos varían de un lugar a otro. Luego, cuando 'El Circo del Sol', sea presentado en otros lugares del Perú y Sudamérica, los precios de las entradas serán bastante elevados porque los sueldos de 'mis estrellas' así lo ameritan y el costo del transporte y la alimentación de toda la troupe es inconmensurable. Desgraciadamente estos altos costos hacen que solo un grupo muy escogido de personas, una élite —otro fulgor del diente— esté en capacidad de regalarse con esta exhibición de arte, maestría y arrojo que no se volverá a repetir en mucho tiempo. Hoy, sin embargo, la fortuna sonríe a los habitantes de Cuyum y sus alrededores al brindarles la posibilidad de deleitarse gratis con este espectáculo que estoy seguro será del agrado de todos ustedes y sus familias: ¡Eeel mas Grandeeee del Muuundooo !Eeel Circo del Sooool!!!»

Luego de agradecer los aplausos provocados por su alocución, bajó del estrado con un saltito ridículo y se fue, caminando muy orondo hacia el bar-café- restaurante al otro lado de la plaza, acompañado por un séquito de chiquillos impresionados por su estrambótica vestimenta.

Dos días más tarde aparecían en el pueblo tres carromatos desvencijados con grandes afiches de vivos colores describiendo actos circenses de primera calidad. Los niños gritando alborozados y los perros del lugar haciéndoles coro con sus ladridos, corrían entusiasmados al lado del desfile, a la cabeza del cual, montada en un viejo caballo, marchaba una mujer cargada de años y bastante entrada en carnes. Muy ligera de ropa, lucía un bikini dorado —de cuyos bordes desbordaban rollos de carne fofa— y completaba su atuendo con una capa de terciopelo azul y un turbante —de la misma tela del bikini— con un penacho de plumas, que ostentaba un enorme «rubí» en el centro, a manera de un tercer ojo. Como símbolo de su especialidad, portaba en las manos una bola de cristal. Su nombre era 'Sabrina la Adivina'y había llegado recientemente de Hungría. Según rezaban los afiches de propaganda, que oportunamente habían sido pegados en las paredes del pueblo, *«la quiromántica y experta en el Tarot y Naipes Españoles, a lo largo de sus frecuentes viajes por toda Europa, había estado por muchos años al servicio de las casas reales más destacadas, las personalidades de gobierno y los personajes más famosos de la farándula europea. Con un cien por ciento de aciertos en sus observaciones del pasado y presente y sus predicciones para el porvenir, se presentaba por primera vez en Sudamérica».*

Era también, según los mismos afiches, *«especialista en atraer al ser amado y como conocedora de las ciencias ocultas de las jerarquías espirituales, del bien y del mal, detectaba cuál era 'la piedra que hay que quitar de tu camino para que triunfes en el amor, el dinero y la salud.' Curaba daño, brujería, susto y mal de ojo en niños, realizaba limpieza del aura, casas y negocios el respetable público estaba invitado después de la función, a tomar ventaja de su conocimiento de las plantas, recolectadas en los lugares más apartados del planeta, con las que preparaba sus exclusivas pociones y adquirirlas por una ridícula suma para curar los males del espíritu».*

Seguían a la adivina dos «enanos» vestidos como payasos. Se veía a las claras que eran niños disfrazados con falsas jorobas que se daban cachetadas y palmetazos el uno al otro rodando y dando volantines cada tres o cuatro metros. Ellos venían de la exótica Persia, según los mismos letreros, donde, habían pertenecido al elenco de la corte del Sha de Irán; pero al ser derrocado éste, los bufones se habían sentido obligados a salir y mostrar su «arte» por todo el mundo.

En el primer carromato se exhibía una mulata, también semidesnuda, que lucía una especie de traje de baño de un solo hombro, de color verde metálico. Sentada en un banco forrado con un pedazo de terciopelo rojo, llevaba una serpiente enrollada en el cuerpo y efectuaba movimientos ondulantes, con la intención obvia de dar la impresión de que era la culebra la que se movía, pero el ofidio no se movió en todo el desfile, por lo que nadie creyó que estuviera vivo.

Seguía una banda de cuatro «músicos» vestidos como soldaditos de plomo y soplando dos trompetas desafinadas y una tuba abollada. Un cuarto «maestro» aporreaba un tambor, que también había conocido mejores días.

A continuación hizo su aparición el segundo carromato. Transportaba a «El Hombre Fuerte» que, parado al centro de un pórtico de piedra empujaba las columnas laterales, de cartón pintado como el resto de la escenografía, copiada de algún grabado de Sansón derribando el templo. A este sujeto, que lucía largos bigotes ralos y colgantes, estilo Ho Chi Ming, lo habían vestido con una especie de malla elástica que le cubría todo el cuerpo, con la pretensión de disimular su falta de musculatura y su barriga caída, con bolsillos rellenos de algodón, estratégicamente colocados dentro de la malla. Sobre los «músculos» lucía una especie de taparrabos de imitación piel de leopardo, su aspecto era tan patético que no se sabía si reír o llorar. Sus exagerados gruñidos y gestos amenazadores no asustaban ni a un niño pequeño. A esta mixtura de luchador romano y payaso ni «Lorenzo, el Magnífico» fue capaz de inventarle un país de origen.

Seguidamente venia caminando, haciendo reverencias y saludando por el centro de la calle, la familia «Caneamanti» —llegada directamente de Florencia, Italia— formada por un «padre», una «madre», y una «hija» flaquita y desnutrida que lucía un vestido de tafetán rosado y un enorme lazo de la misma tela en la cabeza. El vestido debía ya tener cuatro o cinco años de uso continuo, a juzgar por el color desteñido de la tela y las marcas indicadoras de que el dobladillo había sido bajado otras tantas veces.

La familia «Caneamanti» llevaba, en total cinco perros sujetos por correas adornadas con piedras de colores: dos el papá, dos la mamá y uno la hija y cada cierto trecho los hacían saltar uno por encima del otro o pasar por un aro que llevaba la niña.

Cerrando el lastimoso desfile venía el carromato más importante. Éste estaba decorado con flecos dorados de papel metálico, evidentemente en alusión al nombre de «Circo del Sol», donde, en medio de un arco también dorado, se veía una especie de trono desde el cual «Lorenzo, el Magnífico» saludaba con un movimiento giratorio de muñeca al más puro estilo de la realeza europea.

Yo me preguntaba hasta dónde llegaría la audacia de este tipo y a qué hora sacaría a relucir las garras para tratar de esquilmar a mis amigos. No me preocupaba en absoluto que ellos cayeran en la trampa, no eran tontos y sabían cuidar muy bien el dinero que tanto les costaba ganar. Más me preocupaba la gente a la que había reclutado, no se sabía dónde, probablemente en Chimbote para llevar a cabo su estafa. Definitivamente ninguno correspondía al tipo europeo y a todos se les veía pálidos y demacrados, señal de que no habían comido ni bebido apropiadamente en mucho tiempo.

Varias carpas de lona rayada, desteñidas y raídas, formaban un círculo alrededor de un tabladillo central y cada una de ellas albergaba a un «artista». La plaza estaba llena de curiosos que daban vueltas alrededor atraídos por la novedad. En los pueblos chicos un espectáculo gratis no se desprecia por miserable que sea. Al fin y al cabo, rompe la monotonía y proporciona un motivo para comentarios posteriores que, ya sean positivos o negativos, ofrecen entretenimiento para varios días.

Ese mismo día quedó armada «la gran carpa» donde se presentaría el espectáculo y los pobladores de Cuyum empezaron a llenar las inestables graderías de madera colocadas alrededor de la arena.

A las cuatro de la tarde, entre la fanfarria y el redoble del tambor, «Lorenzo, el Magnífico», ataviado con frac rojo de maestro de ceremonias —incluyendo sombrero de copa negro, botas de charol y fuete,— subió de un salto a una plataforma redonda de madera, pintada de rojo que había sido colocada en medio de la pista y, megáfono en mano, haciéndose oír por sobre la desafinada banda que atacaba El Danubio Azul sin ninguna consideración por los oídos de los presentes, anunció que el espectáculo estaba a punto de comenzar.

—Seeeeñoras y seeeeeñores, niñas y niños: lo que están a punto de presenciar quedará grabado en su memoria para siempre. El trabajo conjunto de nuestro selecto plantel de artistas ha hecho posible esta función que no van a olvidar jamás. —Redoble de tambor— El Espectáculo Más Grande Del Mundo, El Circo Del Sol, se enorgullece en presentar como primer número, a su artista exclusiva, la extraordinaria contorsionista checa, «La Niñaaa Elásticaaa»... —nuevo redoble de tambor—.

De un lado de la carpa apareció una niña dando saltos como si lo que cubría el piso, en vez de aserrín, fueran brasas ardientes que le quemaran las plantas de los pies. Para sorpresa de los concurrentes, la elástica checa era nada menos que la hija de los Caneamanti que, por obra de magia, había cambiado de nacionalidad en un momento. La pobre niña se tiró de barriga al suelo donde comenzó a retorcerse tratando de alcanzar sus pies por encima de la cabeza. Lo logró dos veces, recibiendo calurosos aplausos del público conmovido por su fragilidad y por la expresión lastimera de sus ojos por encima de una sonrisa pintada con lápiz labial rojo.

En el siguiente número, el estrafalario Maestro de Ceremonias anunció a la adorable caballista y «écuyère» austriaca Marie Thérèse. Como ya se estaba haciendo costumbre, la adivina húngara del desfile se había convertido, quizás por arte de su propia magia, en «écuyère». Seguramente «Lorenzo, el Magnífico» pensó que al añadir la palabra francesa, cuyo significado probablemente nadie conocía, impresionaría más al público.

La lastimosa figura apareció esta vez cubierta con una flotante capa de gasa celeste y un penacho de plumas en la cabeza, posiblemente provenientes de la misma gallina de su turbante previo, pero esta vez pintadas de plateado. Se mantenía a duras penas en pie sobre el mismo caballo viejo, que felizmente tenía un lomo bastante ancho como para permitirle guardar un equilibrio precario y dar unas cuantas vueltas al redondel, antes de retirarse con cierta dignidad hacia la salida de los artistas.

Nuevamente el ridículo personaje subió a su estrado y anunció:

—Como tercer acto, presentamos a «La Mujer Serpiente, descendiente directa de Eva». Proveniente de Asiria, donde estuvo ubicado el Paraíso Terrenal, es la única criatura del universo capaz de adoptar, durante el día, la forma de mujer para hechizar a los hombres y de noche volver a su estado natural de serpiente para arrastrarlos a las profundidades del infierno...

La mulata salió contorsionándose como si estuviera sufriendo un ataque de epilepsia, con la culebra, que ahora se veía claramente que era de caucho, enrollada alrededor del cuello y los brazos. La gente a duras penas podía contener la risa. Después de un baile desenfrenado, desenrolló la culebra, besó lo que vendría a ser su lengua bífida y se retiró con una carrerita, agradeciendo graciosamente los aplausos a través de la salvadora cortina del fondo.

La gente ahora sí, abiertamente, se desternillaba de risa, comentando que «Lorenzo, el Magnífico» no los había engañado, porque verdaderamente no se iban a olvidar jamás de este espectáculo.

Un intermedio interrumpió momentáneamente la función para que los vendedores de canchita y melcocha, que no eran otros que los mismos miembros del elenco, pudieran hacer su negocio.

Al inicio de la segunda parte del programa, «Lorenzo, el Magnífico» anunció entre más fanfarrias y redobles de tambor:

—Damas y caballeros, niñas y niños: en este momento de nuestro programa les rogamos guardar el más completo silencio. «El Hombre Fuerte», Campeón de Campeones de Lucha Libre, émulo de los gladiadores del coliseo romano, está a punto de realizar ante sus ojos, la prueba que pone en peligro su vida. Con ustedes, ¡¡¡ el invencible Heracles!!!

Y ahí apareció, la penosa figura envuelta en cadenas de plástico pintadas con purpurina plateada y aseguradas con un inmenso candado. Después de flexionar los falsos 'músculos', romper las 'cadenas', doblar una 'barra de hierro' con las manos y levantar unas enormes 'pesas', «el Hombre Fuerte» terminó su acto haciendo gestos amenazantes al público que se reía a más no poder. Tengo que reconocer que el hombre tenía una gran habilidad para hacer saltar las venas de su cuello y enrojecer como si en verdad estuviera haciendo un gran esfuerzo.

Entre acto y acto aparecían los «enanos» montando carritos de juguete y persiguiéndose uno al otro, con pistolas de agua, pollos de jebe, palmetas de plástico, inmensas pinzas que sacaban descomunales muelas... los clásicos y archiconocidos números representados por los payasos de todas partes del mundo, solo que estos infelices no tenían la menor gracia y no hacían reír a nadie, lo que realmente era triste y paradójico, porque con los números 'serios' la gente se reía a mandíbula batiente.

Para cerrar con 'broche de oro' el espectáculo , aparecieron por fin los animales del circo: los cinco perros de la familia Caneamanti que ejecutaron básicamente los mismos actos del desfile, agregando algunos otros más, en los que subían escaleras posándose luego en unos taburetes altos que les proporcionaban sus domadores para saltar por turnos y subir nuevamente por las escaleras. Cerró el numero una «samba» penosamente bailada en dos patas por una de las perritas a la que le había sido colocado un ridículo disfraz de Carmen Miranda, con falda de vuelos y turbante adornado con frutas de plástico.

—Señoras y señores, niñas y niños, con esto termina la función de esta tarde. El elenco del Circo del Sol y yo personalmente, «Lorenzo, el Magnífico», les damos las gracias y los invitamos a pasar por las carpas para ver de cerca a los animales —se refería a los cinco perros, el caballo viejo y la serpiente de plástico—. También los invitamos a la carpa de la adivina que gustosamente les leerá la fortuna y a degustar el «porcor» que ha sido preparado en grandes cantidades como muestra de agradecimiento para la distinguida concurrencia.

El «Espectáculo Más Grande Del Mundo», tuvo lugar un sábado y el siguiente lunes vino el sablazo.

Padilla acababa de abrir su tienda para empezar el trabajo del día cuando vio que, con cara compungida, se acercaba « Lorenzo, el Magnífico ». El panadero que no tenía un pelo de tonto se preparó en seguida para lo que ya veía venir y hasta se cercioró de tener a la mano un palo que usaba para espantar a los ocasionales mataperros que entraban para robarle un pastel o un dulce.

Lo recibió poniendo en su cara una sonrisa por demás hipócrita.

—Buenos días, señor Magnifico, ¿en qué puedo servirle?

—Buenos días, señor Padilla, me siento muy avergonzado por tener que pedirle este favor, pero estoy muy disgustado y no sé a quien más acudir. Esta mañana temprano, he acudido al Banco Nacional, donde debía estar esperándome un giro depositado por mi empresario en Europa pero no ha llegado. No sé bien si se debe a la diferencia de horario o a alguna dificultad de último momento, pero me veo en la imposibilidad de pagar salarios a mi personal, alimentar a los animales y preparar el viaje para el gran debut en Trujillo.

Yo soy un hombre de honor y no podría ni querría defraudar a mis artistas, que hacen enormes sacrificios para proporcionar el maravilloso espectáculo que el pueblo entero ha presenciado.

— ¿Y hay algo en lo que yo pueda ayudarle? Le preguntó Padilla que quería averiguar hasta donde llegaba el descaro del estafador.

—Créame que me produce un gran malestar tener que hacerlo, pero me veo precisado a solicitarle un préstamo de dos mil soles para poder cumplir con mis obligaciones más inmediatas. Le pagaría la suma más un pequeño interés en dos días a lo sumo y, como prenda, le dejaría mi anillo de oro y esmeraldas. Como usted puede ver, le dijo pasándoselo rápidamente por delante de los ojos, es oro de dieciocho quilates y pesa más de veinte gramos. Sólo las esmeraldas valen mucho más de los dos mil soles que le estoy solicitando. Como gran conocedor del género humano me he percatado de su honestidad, por lo que le dejo mi anillo con confianza sabiendo que no me va a defraudar.

Como he dicho ya en varias oportunidades, Padilla es un hombre muy jovial y paciente, pero cuando ve que alguien le quiere tomar el pelo, como en este caso, le «entra el indio» y es capaz de triturar al sinvergüenza con sus propias manos.

Agarrando al «Magnífico» por el cuello, le dio tal puntapié en el trasero que lo mandó volando hasta el medio de la calle. Los vecinos que estaban en los alrededores se dieron cuenta inmediatamente de lo que estaba pasando y acudieron a cerrar filas con Padilla, y no bajaron la guardia hasta ver el último carromato dejar La Esperanza para siempre. Por ahí no iban a volver.

CAPÍTULO 23

Aunque me era muy duro aceptarlo, había llegado la hora de regresar a Lima, a mi rutina de trabajo, a mi familia y amigos a los que no había visto en muchos meses. Demorar más mi partida sólo prolongaba la agonía. Llegué a La Esperanza con un anhelo, y éste había sido satisfecho a plenitud: no sólo había visto las Lomas. Al buscar los seis personajes para mi novela, había encontrado más de cien, cada uno de los vecinos era de por si un personaje y el contacto con ellos y el cúmulo de experiencias vividas durante la construcción del Parque de los Sueños me había enriquecido enormemente como ser humano.

No quería pensar en la despedida de mis amigos de La Esperanza. Era uno de los deberes más dolorosos que tenía que cumplir y sentía que me faltaban las fuerzas para enfrentarlo. No estaba segura de cuándo volvería a verlos, ni si volvería algún día. Una parte de mí quería quedarse a vivir para siempre en Cuyum —quizás no en La Esperanza porque, para ser honesta, una parte de mi es muy comodona—. Estoy acostumbrada a las facilidades de la ciudad. Sin embargo, como sólo diez cuadras separaban un poblado del otro, venía a ser casi lo mismo, ya que los vecinos de La Esperanza iban diariamente a hacer sus compras en Cuyum y podíamos encontrarnos continuamente.

Me había acostumbrado también a la familia Salinas. Ellos me habían hecho sentir como en mi casa durante los varios meses que pasé con ellos. La comida de la señora Gina era deliciosa y muchas veces ayudé a Luis a espulgar el arroz para sacarle las semillas o a extraer cuidadosamente las piedritas que siempre venían mezcladas con los Frijolitos de Castilla y que fácilmente podían romper una muela al que tuviera la mala suerte de encontrarlas. La señora Salinas solía aparecer con un gran tazón lleno de frijoles que vaciaba en una mesa cubierta por un mantel de hule a cuadros azules y blancos, nos dejaba el tazón vacío al costado. Luis y yo empezábamos la tarea de agarrar pequeños puñados de la menestra en la palma de la mano y una vez seguros de que no había piedras entre ellos, los volcábamos en el tazón. Era una tarea que nos podía tomar tranquilamente una hora o más, pero una vez limpios, la señora Ginita los guisaba como nadie, con su puntito de ají mirasol. En las mesas del comedor siempre había botellitas panzudas llenas de aceite de oliva que rociábamos generosamente sobre los frijolitos.

Casi sin darme cuenta me había incorporado por completo a esta familia. No tenía muy claro si yo los había adoptado a ellos o ellos a mí, pero lo cierto es que nunca había vivido una etapa tan intensa en mi vida, en la que las preocupaciones por las cosas banales se habían esfumado y tan satisfactoria en cuanto a que estaba próxima a alcanzar todas mis metas.

La hija de la pareja, Anita, era una muchacha encantadora de piel muy blanca, ojos soñadores y cabello negro que delataban su herencia española. Me gustaba mucho conversar con ella, porque a pesar de haber cumplido recién dieciséis años era muy madura. Sosteníamos largas charlas mientras la ayudaba a llenar las jarras con limonada para el almuerzo o a poner los manteles y cubiertos en las mesas.

—Gringa, ¿te puedo confiar algo? Me preguntó en una oportunidad.

—Por supuesto Anita, lo que quieras—le contesté, sospechando que tenía algún enamoradito y no quería que sus padres se enteraran.

Tú has visto mis pinturas, están por toda la casa, mi mamá cree que cada una de ellas es una obra de arte, pero yo sé que no es así.

—Los planos que dibujaste para el parque eran perfectos, la interrumpí.

—Tengo facilidad para dibujar, pero me falta mucho por aprender y mi sueño es ir a vivir en Lima para inscribirme en Bellas Artes y conseguir una instrucción formal.

En efecto, por toda la hostal se podían ver sus obras, muy coloridas y llenas de fuerza. Y aunque se notaba que le faltaba un poco de escuela, también se podía apreciar un talento latente que sólo necesitaba un pequeño empujoncito para salir a la superficie.

— ¿Y qué te lo impide, Anita? Le pregunté.

Lo único que me contiene es que, aunque ellos no me prohíben nada, no quiero dejar a mis padres. Los cuatro formamos una familia muy unida y nunca nos hemos separado uno del otro. Además, estoy consciente de que ellos están envejeciendo y no van a ser capaces de continuar con el duro trabajo de la pensión si se quedan solos. No tengo corazón para retirarles mi ayuda, menos aún sabiendo que ésta es su única fuente de ingresos y teniendo presente que mi hermano Luis va a partir para la universidad dentro de dos años...

—Bueno, tu estas muy jovencita todavía, tienes mucho tiempo por delante, ¿por qué no dejas que los acontecimientos se desarrollen por si solos? Si algo he aprendido en mis treinta y cinco años es que la vida, generalmente, se encarga de arreglar todo. Los seres humanos nos preocupamos por todo y creemos ver por adelantado una serie de catástrofes, pero ni una ínfima parte de estas predicciones se convierten en realidad.

Quién sabe, quizá tus padres llegado el momento decidan vender la pensión e ir a vivir a Lima, que sería lo más lógico estando sus dos hijos allá. Luis al término de su carrera va a ser capaz de ayudarlos económicamente y otro tanto puedes hacer tu, porque estoy segura que tus cuadros se van a vender muy bien. Los dos tienen grandes posibilidades y la unión hace la fuerza, como dicen.

—Gracias Gringa, tu siempre me levantas el ánimo, contigo puedo hablar de todo, yo siempre deseé tener una hermana y contigo la he encontrado. Eres como mi hermana mayor. El abrazo que me dio, confirmaba el afecto que Anita sentía por mí, el cual no necesito decirlo, era plenamente correspondido.

CAPÍTULO 24

De haber podido, me hubiera escapado entre gallos y medianoche, pero como no era posible, me despedí someramente de todos mis amigos, restándole importancia a mi partida y prometiéndoles volver pronto, aunque interiormente no sabía si podría cumplir con mi promesa, pues de los asuntos que hacían obligatoria mi vuelta a Lima, el que siempre tuvo prioridad absoluta fue la salud de mis padres, que se deterioraba día a día. Todo lo demás palidecía en importancia. Ellos me habían dado todo, era mi hora de devolver algo de lo recibido.

Siempre traté de pensar de mi misma como un ente individual, pero estaba equivocada. No existe tal cosa. Aunque se pretenda evitarlo, nuestra vida se entrelaza con la de mucha gente que pasa por ella dejando huellas profundas. Familiares, amigos y conocidos, gente que nació y murió, gente que rió y lloró con nosotros, gente real, con caras y cuerpos, que recordamos con amor o repulsa pero nunca con indiferencia —de otro modo no la recordaríamos—. Gente a la que las vicisitudes de su propia vida apartó, pero que en un tiempo influyó en la nuestra.

Me encontraba en una encrucijada. No sabía si seguir hacia adelante o dar media vuelta. Mi trabajo como reportera y periodista libre había quedado en suspenso, pero no me preocupaba. No corría peligro. Conservaba muy buenas relaciones con los diarios con los que colaboraba y pensaba hacer una extensa crónica sobre la construcción del Parque de los Sueños para resarcirme del tiempo perdido mientras estuve ausente.

Por otro lado, mis lazos familiares me ataban con gran fuerza a una ciudad que ya me estaba resultando muy molesta, por decir lo menos. Cuando nací, mis padres ya no estaban en su primera juventud ni mucho menos. Mi papá estaba en sus cuarenta y mi mamá era solo cuatro años más joven que él. Como crecí en el seno de una familia numerosa, el hecho de ser hija única nunca me afectó. Siempre tuve una gran cantidad de primos y primas con los que jugar, conversar y compartir todos los momentos de nuestra niñez y juventud, pero ahora, treinta y cinco años más tarde, la familia se había dispersado y mis viejitos me tenían solo a mí, que los veía decaer día a día ante mis ojos y ya no me sentía capaz de dejarlos solos durante largos períodos. Cada vez que miraba a mi padre, se me hacía difícil reconocerlo en este anciano frágil e inseguro en el que se había convertido. Su figura se había reducido. Él, a quien cuando niña veía casi como un gigante, aunque su estatura y peso habían sido siempre medianos, se veía ahora pequeño, delgado y encorvado. Este ser tan querido que desde mis primeros recuerdos había sido el hombre sabio que siempre tenía una respuesta para mis eternas preguntas, el hombre confiable y seguro que daba una solución a todos mis problemas y la roca en que me apoyaba cuando mis fuerzas flaqueaban, se había convertido en un ser vacilante de paso cansado. En pocas palabras, se habían volteado los papeles y la persona de la que hasta entonces yo dependí enteramente ahora dependía de mí. Me consultaba hasta las cosas más nimias; sus ojos siempre agudos habían cedido el paso a una mirada apagada y acuosa y la confianza en sí mismo que yo tanto había admirado ya no existía, había sido sustituido por una total incertidumbre.

Mi madre también había envejecido, aunque de manera diferente. El suyo siempre había sido un espíritu libre y lo seguía siendo. Artista de nacimiento, tocaba el piano y componía bellísima música y aunque posiblemente a eso se debiera que su mente se conservase alerta y activa, su cuerpo el que más había sufrido los embates del tiempo. Enemiga acérrima de los médicos y las medicinas, a lo único que recurría para controlar su alta presión arterial, era a los remedios caseros y naturales y religiosamente, —en vez de tomar la píldora recetada— todos los días tragaba un diente de ajo con un vaso de agua para bajarla.

Esta afición por la medicina natural, que se ha puesto tan de moda últimamente, la vi cultivarla desde que tuve uso de razón. Recuerdo que si lo que me afectaba era un mal bronquial, hervía el diente de ajo en una taza de leche que dejaba consumir hasta la mitad agregándole un poco miel de abejas y unas gotas de oporto. Antes de dormir, me frotaba el pecho con Vick Vaporub, que luego cubría con un pedazo de papel periódico —que según afirmaba calentaba mejor que la lana— por debajo del pijama. Si tenía tos, me hacía una mezcla de miel de abejas con jugo de limón. Resultaba una bebida muy agradable y me la hacía beber antes de acostarme. Dormía como un angelito y no sé si por efecto del oporto o del ajo, la tos desaparecía.

Si me dolía el estómago, hervía una rama de apio con sus hojas y me daba a beber el agua resultante. Las telas delgadísimas que se encuentran entre capa y capa de la cebolla servían para cerrar cortes y proteger las ampollas provenientes de una quemadura. En fin, en mi casa siempre se podía encontrar una respetable cantidad de cebollas y ajos para tratar muchas dolencias.

¡Cómo hubiera deseado ahora que el alivio para sus males fuera tan sencillo como los que ella empleaba para curarme cuando niña!

Desgraciadamente, no hay cebolla que cure la vejez ni los males que vienen con ella. Toda la atención que les brindaba parecía ser en vano, ya que no había remedio para su enfermedad. Gradualmente, mis padres se deterioraban y lo único que podía hacer era atenderlos de la mejor manera posible y hacerles un poco más llevadero el tiempo que les quedara por vivir.

Los días se convirtieron en meses y los meses en años, durante los cuales mi madre sufrió una serie de derrames cerebrales que la fueron dejando cada vez más debilitada, hasta que un día sufrió un ataque masivo y su cerebro dejó de vivir. Aunque parezca raro decirlo, hasta cierto punto me sentí aliviada cuando el estado vegetal al que había quedado reducida terminó menos de veinticuatro horas después. En medio de mi profundo dolor reconocía que a ella, que había sido tan vital si, por alguna razón desconocida aún por la ciencia, le hubiera quedado un vestigio de conciencia, le resultaría intolerable verse así, confinada a una cama sin poder moverse y, peor aún, sin poder comunicarse. Mi papá no logró sobrevivirla por mucho tiempo. Un año después él también falleció y yo me quedé como a la deriva. De pronto, todas las preocupaciones y los deberes filiales que habían llenado mis días durante tanto tiempo ya no existían. Y yo estaba sola.

CAPÍTULO 25

El fenómeno que observé en pequeña escala en Cuyum, o sea el éxodo de los pobladores de la sierra hacia la costa, se estaba produciendo también, pero en gran escala, en Lima.

Cantidades masivas de personas, a las que la infraestructura de la ciudad no estaba preparada para recibir, llegaban todos los meses con incontables necesidades por cubrir. Salían de sus lugares de origen escapando de los desastres naturales que continuamente azotan la sierra, a los terremotos, huaycos, inundaciones y sequías, que se suceden cíclicamente y la pobreza, que es un mal endémico, se sumaban los brotes subversivos que empezaban a hacer su aparición, constituyendo otro de los poderosos motivos que los obligaban a huir.

Al llegar a la capital se encontraban con que las oportunidades, que ellos creían los estarían esperando en todas partes, no existían. La primera pregunta que les hacían los capataces y posibles empleadores a los hombres que iban a buscar trabajo era:

¿Qué experiencia tienes en este tipo de trabajo, cholo? —sabiendo muy bien que no tenían ninguna, porque acababan de llegar del campo.

Algunas veces, si estaban con «suerte», los empleaban en la construcción de grandes edificios donde, subiendo por rampas improvisadas con tablones inseguros y resbaladizos, tenían que cargar al hombro durante todo el día, baldes con concreto que recogían de la mezcladora y debían acarrear hasta el piso más alto.

Las mujeres, por su parte, no tenían la menor oportunidad de conseguir trabajo. No las consideraban siquiera para los empleos domésticos porque la mayoría, por no decir todas, tenían hijos y maridos que atender y las «señoras» buscaban servicio «cama adentro», el que exigía dedicación completa las veinticuatro horas del día. Por otro lado, debían saber manejar los «artefactos electrodomésticos» que no habían visto nunca en sus pueblos, a muchos de los cuales aun no había llegado la electricidad y, si lo había hecho, sus viviendas eran tan pobres que usualmente tenían pisos de tierra apisonada donde una lustradora o una aspiradora no hubieran tenido utilidad alguna. Siempre había bastado con un poco de agua para compactar el polvo y una escoba para barrer las basuritas acumuladas.

Además, debían conocer reglas de etiqueta que no eran las suyas y tener el garbo necesario para llevar con elegancia el uniforme negro, mandil y cofia blancos con que estaban obligadas a atender a los invitados. Casi ninguna reunía estos requisitos, por lo que la mayor parte de ellas terminaba vendiendo chucherías en las calles. Para ello, se ubicaban en una esquina con sus bebés, mientras sus hijos mayores, de tres a seis años corrían el riesgo de ser atropellados, toreando los automóviles apenas cambiaba la luz del semáforo, para ofrecer la misérrima mercadería que sus madres habían adquirido de los mayoristas. Con una caja en la mano vendían sus caramelos, chocolates o chicles. A veces, cuando había un poco más de dinero para invertir, la mercadería se incrementaba con lapiceros, calendarios y hasta matamoscas o ventiladores de mano, según la estación.

Las irrupciones, que se producían casi en cada semáforo en las vías más importantes y transitadas, volvían el tráfico aun más caótico, ya que a los niños vendedores se agregaban los hombres sin trabajo que literalmente se lanzaban sobre los carros para limpiar el parabrisas con un trapo húmedo que, al poco tiempo, estaba tan sucio que en vez de limpiar embarraba más el vidrio, con lo que en lugar de la propina esperada recibían un insulto.

La necesidad, igualmente, llevó a un crecimiento desorbitado del número de mercadillos y ferias que ocupaban las veredas y bloqueaban las pistas. En una época en que la importación de bienes extranjeros estaba prohibida, en estos quioscos se podía encontrar toda clase de contrabando desde comestibles enlatados hasta vestidos y artículos de tocador; libros, muebles, cristalería y perfumes franceses, porcelana alemana, artículos de cuero argentinos y frazadas de lana de alpaca, así como cosméticos de diversos países, discos y «casettes» de música.

Los negocios legales veían, impotentes, sus puertas sitiadas por la competencia desleal. Ellos tenían, por ley, que vender mercadería nacional que no podía competir ni en calidad ni en precio con la de los ambulantes que, al adquirirlos de contrabando y no tener que pagar alquiler, servicios ni empleados, resultaban considerablemente más accesibles a las magras economías de las amas de casa. A menudo los negocios establecidos quebraban, mientras el desempleo crecía y el contrabando aumentaba.

Como para reafirmar la creencia popular de que *"los males nunca vienen solos"*, la delincuencia cobró más fuerza dentro del marco de su contubernio con la miseria. Los robos al paso se sucedían. Nadie podía salir tranquilo a la calle, los asaltos se multiplicaban y todo iba contribuyendo a un malestar general que a seres que, como yo, hemos tenido la desgracia de nacer sensibles, nos impactaba enormemente. Hasta cierto punto, admiraba a los que podían tomar todos esos incidentes a la broma. Siempre escuchaba a alguien riéndose del ingenio de los delincuentes para atacar a los '*pavos*' que se dejaban robar. Yo era un eterno '*pavo*' y no me hacía ninguna gracia tener que mirar por encima del hombro para ver de dónde iba a venir la próxima agresión. No podía concentrarme en mis tareas diarias; me tomaba ahora el doble de tiempo realizarlas. Al volver a mi casa, estaba demasiado cansada física y mentalmente como para poder concentrarme en escribir y, poco a poco, me estaba desalentando. Sin quererlo, estaba cayendo en un círculo vicioso del que cada día me era más difícil salir.

CAPÍTULO 26

Mi nostalgia por el tiempo vivido en La Esperanza se agudizaba con cada día que pasaba y frecuentemente recordaba a mi amiga Santusa. A ella le gustaban las cosas simples, los dones de la naturaleza, su gente. En su corazón no había lugar para la envidia y sus ambiciones eran diferentes. No quería dinero, solo un modesto bienestar para su familia. Uno de sus dichos preferidos, que ponía en evidencia la poca importancia que le daba a su pobreza, era: «Todos venimos al mundo calatos y así mismito nos vamos». Un día le pregunté: — ¿por qué siempre dices eso Santusa?— Y ella con esa costumbre que tenia de taparse la boca para sonreír, me dijo— ¿no has visto las wawas? Nacen calatitas, arrugaditas y sin pelo, igual los awichus:[2] cuando mueren también se les calatea para ponerles la mortaja, ya no tienen pelo y están bien arrugados. Las wawitas no tienen dientes y tienen que comer papillas, igualito que los awkis[3]. Santusa se refería solo a la parte física, pero su dicho, como todas las manifestaciones de la sabiduría popular, tenía su trasfondo filosófico y moral.

Siempre he creído que, junto con el carácter, el color de los ojos o la piel, heredamos de nuestros antecesores un bagaje de

---

[2]   Abuelos.

[3]   Ancianos.

conocimientos, como si la cultura adquirida durante siglos por personas que vivieron antes, hubiera sido grabada en un disco e insertado en nuestro inconsciente, listo para ser usado cuando la necesidad se presente.

Durante el tiempo que trabajamos juntas en el parque, Santusa y yo habíamos sostenido muchas y muy interesantes conversaciones. Su sabiduría ancestral suplía con creces su falta de educación formal. Nunca fue a la escuela, pero me sorprendía todo el tiempo con sus observaciones y las soluciones que daba, sobre la marcha, a los problemas concretos que se presentaban. A pesar de su aparente ignorancia, mostraba un gran conocimiento del ser humano, de sus actitudes y sus reacciones frente a las situaciones con que se enfrentaba cada día. No conocía la hipocresía; decía lo que sentía y con esa actitud se había ganado mi respeto y el de todos los demás que ahora, cuando la miraban, ya no veían sus ropas parchadas sino a la mujer íntegra que era.

En ciertas ocasiones especiales me confiaba su preocupación por el futuro de sus hijos:

—«Siñurita Gringa, —me decía— no creas que no, yo era bien feliz allá en mi pueblo, yo no me he venido porque no estaba contenta. Allá se han quedado toditas mis familias y mis amigas; ellas siguen igual nomás, cuidando los animalitos, hay harto que hacer en la chacra: tempranito hay que ordeñar las cabras y las ovejas, hay que llevarlas a pastar, hay que hacer el queso, hay que cuidar la chacrita, hay que hacer el pan, hay que ir al río a lavar la ropa y hay que juntar la leña para cocinar... Yo también tenía mis animalitos y en las noches los metía a toditos en la choza para que me calentaran, hace mucho frío en la puna por las noches.

Un día le pregunté:

— ¿Y por qué te viniste a la costa, Santusa?

— ¡Uyyy siñurita Gringa, que preguntas haces usted! —Me dijo, tapándose la boca con la mano, con ese gesto que para entonces yo conocía bien, para ocultar su sonrisa pícara—. El Iskay me tumbó, pues, después de la fiesta de la patrona del pueblo, Santa Eulalia se llama pues, y yo quedé preñada y nació el Wilber, entonces el padrecito que siempre viene para la fiesta dijo que estábamos 'viviendo en pecado' y nos hizo casar junto con toditas las otras parejas de mis amigos. Nosotros no vinimos solos, siñurita Gringa, mi prima Umiña y su marido el Santiago vinieron con nosotros. Ellos tenían un wawito, un varoncito, Piter Maikel se llamaba; bien gordito estaba, bien lindito.

Un día se enfermó de su barriguita, no quería comer y lloraba todo el día y toda la noche, movía su cabecita como si le doliera mucho. El Santiago quería llevarlo al hospital para que lo viera el doctor, pero la Umiña dijo que el doctor no sabía 'ni michi' y se lo llevó de vuelta al pueblo sin que lo supiera el Santiago. En el camino se le enfermó peor, así que preguntando, preguntando, fue a parar a la casa del curandero, chamán le decimos, para que le pase el cuy. El brujo dijo que le habían ojeado al Piter Maikel y la riñó bien fuerte a la Umiña porque no le había amarrado una cinta roja en el brazo para que no le ojeen. El chamán le pidió cinco soles para botar los malos espíritus y todita la noche le rezó y le fumó y le escupía aguardiente en la cara al Piter Maikel.

Así me contó la Umiña. En la mañana, el chamán le dijo que ya estaba casi curado, porque ya estaba durmiendo y no lloraba, y le dio la caca del pericote para que le hiciera tomar con su leche. Cuatro veces al día, le dijo, tiene que tomar. La Umiña le dio dos, tres veces y siguió caminando rumbo al pueblo, pero la wawa se murió casi llegando. Bien triste fue, siñurita Gringa. El Santiago le dijo que ella lo había matado y ya no la quiso mas, se fue, no sabemos dónde fue. Nunca más lo hemos visto.

— ¿Qué fue de Umiña? —le pregunté.

—Ella se regresó a su casa con su taita y su mamá, pero ya no se ríe y no habla. Creo que se volvió loquita nomás.

En después, cuando nos nació la Deisi, el Iskay y yo queríamos que nuestros hijos no sean ignorantes como nosotros, así que lo conversamos mucho y pensamos quedarnos acá, así pueden ir a la escuela en Cuyum; tal vez hasta sean maestros y hasta puede que un día nos enseñen a leer y escribir, ¿no te parece? Si trabajamos duro ellos van a estudiar, como los hijos de don Padilla y don Panta».

El pueblito de donde venía estaba tan aislado en la puna, que prácticamente no había sido contaminado por la «civilización occidental y cristiana». Sus habitantes seguían rigiéndose por las leyes ancestrales incas: Ama Sua, Ama Llulla y Ama Quella[4], continuaban siendo los preceptos que los guiaban en todos sus actos. Sobre la base de estas tres simples reglas de conducta se creó un imperio en el que sus doce millones de habitantes gozaban de bienestar por su inteligente estructura social donde todos tenían un papel que representar y una tarea que cumplir.

A pesar de haber sido saqueado a lo largo de su historia por los conquistadores españoles, los piratas ingleses, las compañías transnacionales y casi todos los gobernantes (con muy pocas excepciones) desde que comenzó la era republicana, el Perú es un país riquísimo que por contraste es uno de los más pobres del universo.

Desde que le dio al mundo, como primer regalo, la humilde papa que ha venido alimentando a la humanidad por muchos siglos, sigue brindándole la mas inmensa variedad de minerales, vegetales y frutas de todo tipo, maderas preciosas de la selva, especies —únicas

---

[4] No seas mentiroso, no seas ladrón, no seas ocioso.

en el mundo— de animales que hoy están siendo aclimatadas en muchos países por el valor de su lana y un océano lleno de peces de todo las tipo.

Su gente, descendiente de una cultura milenaria considerada entre las más avanzadas civilizaciones del mundo, posee un ingenio e inteligencia poco comunes.

Yo revivía continuamente en el recuerdo las conversaciones sostenidas con Santusa mientras trabajábamos en el parque y ellas me ayudaban a mantener la perspectiva en este mundo de locos.

A veces, me conmovía hasta las lágrimas con sus comentarios ingenuos. Uno de los tantos días que pasamos juntas, me fijé en que su calzado estaba muy desgastado y le pregunté:

— ¿Qué número calzas, Santusa?

— ¿Por qué, *siñurita* Gringa?

Ya había notado, hacía tiempo, que tenía la costumbre de responder una pregunta con otra, seguramente para enterarse de mis intenciones antes de contestar.

—Porque tengo algunos zapatos que creo que te podrían servir.

—Yo creo que calzo treinta y cinco, *siñurita* Gringa, pero cualquier número me sirve: más grande, más chico, no importa. Mi pie se amolda.

Casi siempre los relatos de su niñez y juventud eran alegres. Su constante contacto con la naturaleza la había mantenido libre de malicia y me contaba acerca de sus idas al río a lavar la ropa con sus amigas:

—«El Iskay y sus amigos nos aguaitaban detrás de los árboles y creían que no los veíamos. Nosotras nos hacíamos las tontas y nos lavábamos los pies y las piernas en el río, así ellos miraban.

Otras veces, cuando era la fiesta de la patrona del pueblo, nos traían cintas para que las amarráramos en nuestras trenzas. El Iskay siempre me las traía amarillas, como la retama, así sus amigos sabían que él era mi waynay[5].

Cada uno tenía un color que le daba a su novia, de esa manera los otros hombres en la fiesta sabían que no debían acercarse a las que ya teníamos compromiso».

De cuando en cuando la invadía la nostalgia y se enfrascaba en largas disertaciones en las que me contaba historias de su familia; yo quería anotarlas todas para escribir luego una recopilación de sus relatos que revelaban una inocencia y simplicidad enternecedoras Aquel día, me hizo la narración de una de las peores noches que pasó con su familia:

—«A la Margarita, —ella era nuestra única vaquita que teníamos— la queríamos mucho, ella nos conocía a toditos, yo la llamaba para que comiera y venia corriendo, como perrito nomás. Mi taita dijo que había que juntarla con el toro de don Julián, el vecino, para que tuviera sus hijitos. Una noche nos despertamos porque oímos unos ruidos bien raros en el corral. Nosotros creímos que eran los pishtacos, bien asustados estábamos, por eso mis hermanos agarraron sus palos y se salieron a mirar. No eran los pishtacos, *siñurita* Gringa, era la Margarita que estaba por parir y el ternerito venia de pies, no podía salir, todos fuimos al corral para acompañarla, hacía mucho frío, la pobrecita Margarita nos miraba con sus ojos grandotes y lloraba ¡muuuuuuuu!, gemía, espantada estaba y se quejaba fuerte, parecía un fantasma.

Se iba a morir, así que mi hermano Nicandro le metió la mano y hasta todo el brazo para voltear al ternerito y los salvó a los dos. Hasta ahora están sanitos. Ya debe estar grande el ternerito.

En otra ocasión le pregunté:

---

[5] Enamorado.

—Dime, Santusa, ¿te gustaría poder leer y escribir?

— ¡Claro, *siñurita* Gringa! Siempre he querido leerles cuentos a mis hijos como veo que hacen otras mamás. Me hace sentir mal cuando pienso que cuando sean más grandecitos y entren a la escuela no los voy a poder ayudar con sus tareas y ellos me van a mirar a menos, yo quiero que me miren con respeto, *siñurita* Gringa. También les podría escribir cartas a mis padres en el pueblo.

— ¿Cómo haces ahora? ¿Cómo te comunicas con ellos? —le pregunté.

—«En mi pueblo hay un señor que sabe escribir, es el que va cada mes a la hacienda para hacer las cuentas. Mi taita y mi mama le dan un regalito, una gallinita o un cabrito, y le dicen lo que quieren contarme. Él lo escribe en una carta y luego la mandan con alguien que baje p'al pueblo, cuando me llega, voy donde don Padilla y él me la lee. Aquí tengo la última que me mandaron —y sacando un manoseado y arrugado pedazo de papel del bolsillo, me lo dio a leer.

Conforme leía, me daba cuenta de que no conocía nada de la cultura de Santusa y su familia. Ni siquiera había sabido su apellido hasta este momento en que empezaba a leer la carta enviada por sus padres. Estaba escrita en un estilo arcaico y era en un noventa por ciento una inmensa colección de frases hechas que me costaba trabajo entender.

Empecé a leerla en silencio, pero Santusa me pidió que lo hiciera en voz alta para poder escuchar una vez más las noticias de su pueblo, por si se le hubiera escapado algún detalle, así que comencé nuevamente:

«San Juan de Chauca, en el día segundo del mes de Mayo de mil novecientos sesenta y nueve.

Señora Santusa Mamani

Muy estimada y respetada hija:

Por medio de la presente, tu señora madre y yo te enviamos nuestro más efusivo saludo y esperamos que al recibir la presente te encuentres bien de salud. También deseamos que el Iskay te trate bien y tenga trabajo. Igualmente deseamos que nuestros queridos nietos, el Wilber y la Deisi, que siempre llevamos en nuestro corazón, estén gozando de buena salud. Por aquí, en San Juan de Chauca, todos estamos sin novedad, la Margarita parió otro ternerito esta vez con normalidad. Tu abuelito, que ya estaba tan viejo, se murió en su sueño. No sufrió nada. Lo enterramos en el cerrito detrás de la casa para poder visitarlo y llevarle sus flores todos los días. Tu abuelita le dejó su choza al Nicandro para que viva con su mujer y sus hijos y ella presentemente vive con nosotros. Ella trajo a la Clara y ahora tenemos dos vaquitas y tres terneritos. Sin otro particular y siempre deseando verte pronto, nos despedimos cordialmente,

Eleuterio y Jacinta, tus afectuosos padres.»

De pronto, pensé que estaba a mi alcance sacarla del pozo de ignorancia en que se encontraba y me iba a ser muy grato hacerlo.

— ¿Te gustaría que te enseñe a leer y escribir? —le pregunté.

— ¿En serio me estás hablando? —exclamó—. ¿Tú sabes enseñar? ¿Eres maestra?

—No, Santusa, no soy maestra, pero recuerda que mi trabajo es escribir y te puedo enseñar fácilmente. Tú eres muy inteligente y te aseguro que en menos de un mes estarás leyendo y escribiendo.

Los ojos se le llenaron de lágrimas y me preguntó:

— ¿No me estás engañando, siñurita Gringa? ¿Yo puedo aprender a leer?

—No, Santusa, no te engaño. Y por supuesto, puedes aprender. Te puedo dar una hora diaria de clase. Si quieres, mañana mismo comenzamos; nos encontraremos aquí mismo, a las tres.

Al día siguiente, antes de ir a La Esperanza, pasé por la librería Atenea y compré un abecedario, un libro «Coquito», igual al que había usado mi padre muchos años atrás para iniciarme en la lectura, un cuaderno de tapas gruesas y varios lápices, un borrador y un tajador. Los hice envolver para regalo y fui a darle el encuentro a las tres en punto. Ella ya me estaba esperando. Cuando vio sus útiles se emocionó nuevamente. Olfateaba el olor del papel nuevo de su cuaderno, contemplaba los lápices como si fueran objetos preciosos y me dijo que el libro Coquito para empezar a leer, era lo más hermoso que había tenido en su vida, aparte de la vajilla que le regalé cuando recién llegué a La Esperanza.

Improvisamos dos asientos tomando prestados cuatro ladrillos pasteleros, que encontramos en una construcción que parecía abandonada; improvisamos nuestros pupitres colocando un ladrillo encima del otro y esa misma tarde empezamos a reconocer las vocales.

En los días subsiguientes aprendió las consonantes. Santusa estudiaba con ahínco. Copiaba una y otra vez las letras hasta que le salían casi perfectas. Inclusive, me contó que ella a su vez le estaba pasando sus «clases» a Iskay y que los dos estudiaban juntos en las noches, cuando los niños dormían. En unos pocos días sabía todo el abecedario de memoria y en el siguiente lunes empezamos a leer:

—Eme-I, <u>mi</u>; Eme -A, <u>ma</u>; Eme -A, <u>ma</u>: mi mamá. Eme -E, <u>me</u>, A- Eme -A, <u>ama</u>. ¡Mi mamá me ama!

Santusa palmoteaba y daba grititos de alegría, como si fuera una niña pequeñita.

Hablarme de su pueblo y contarme sus recuerdos había despertado en ella una melancolía que cada día le era más difícil refrenar. Tenía muchos deseos de ver a sus padres nuevamente, habían pasado dos años desde la última visita que hicieron a San Juan de Chauca, cuando Toribio comenzaba a cortejar a Kukuyu.

Por su parte, a Toribio aún le quedaba una promesa por cumplir. El Parque de los Sueños había sido terminado e inaugurado y su hijita Urpi había cumplido seis meses, pero los padres de su mujer todavía no conocían a su nieta y él les había ofrecido tiempo atrás, llevar a su familia a visitarlos. Éste parecía ser un momento propicio, no les quedaba nada urgente por hacer y como todos se sentían extenuados por el trabajo y las tensiones suscitadas durante la construcción del parque, les propuso a Iskay y Santusa juntarse para efectuar la aplazada visita el siguiente fin de semana. Santusa no se hizo repetir la invitación y con Deisi ya por cumplir cuatro años, y Wilber seis, ese domingo, al romper el alba, emprendieron el camino.

La recepción que les dieron fue, si cabe, más calurosa que la anterior. Urpi se ganó el corazón de todos con su carita redonda y sus ojos chinitos heredados de su mamá, que se volvían aun más oblicuos cuando sonreía luciendo sus dos únicos dientes y resultaba muy graciosa con el gran mechón de pelo negro y lacio que coronaba su cabeza. Se notaba que era una bebita cuidada con esmero y muy feliz.

En medio de la algarabía, nadie reparó en la presencia repentina de Umiña. Sus padres, en su prisa por salir a saludar a los recién llegados, creyeron haber cerrado bien la puerta, pero se descuidaron y la dejaron sólo entornada, hecho que ella aprovechó para salir de la casa. Umiña mostraba una apariencia muy sana y normal y saludó a su prima con grandes muestras de afecto. Acarició a Wilber y Deisi y les regaló unos caramelos que llevaba en el bolsillo de su delantal. Pidió que la dejaran cargar a Urpi y empezó a hacerle arrumacos y a cantarle canciones infantiles en quechua con la voz de tiple muy dulce y bien timbrada que es natural en las mujeres de la sierra. Luego de un buen rato, aparentemente se cansó, le devolvió a la bebé a su madre y se sentó a la mesa a comer con todos los demás. Su conducta, hasta ese momento, era impecable, aunque Santusa notó que sus tíos Florentino y Roberta, estaban sumamente nerviosos.

De un momento a otro, en medio de la conversación y sin que nada hiciera presagiarlo, Umiña soltó una carcajada estentórea, exclamando seguidamente:

— « ¡Yo lo maté, yo lo maté al Piter Maikel!»

Los niños, asustados, de un salto corrieron a refugiarse entre las piernas de sus padres. Siguió un momento de calma en el que continuó comiendo como si nada y, al cabo, exclamó en voz muy alta:

— « ¡Le di la caca del ratón, pues!»

En ese momento Florentino, su padre, trato de llevársela a su casa, pero ella se resistía con todas sus fuerzas, así que para no asustar mas a los niños la dejaron quedarse. Al rato, otra carcajada estremecía el ambiente, seguida por el estribillo: «Yo lo maté». Era realmente conmovedor ver cómo su ignorancia había llevado a esta muchacha tan joven a su presente y lamentable estado mental.

Todo el pueblo estaba acostumbrado a las incoherencias de Umiña, pero a los recién llegados les costó tiempo y esfuerzo pretender que todo era normal. Sin embargo, cuando se repusieron de la impresión, retornó la animación a la plaza de San Juan de Chauca y todos siguieron comiendo y conversando como si momentos antes no se hubieran sentido alterados por la enferma.

CAPÍTULO 27

Cada vez más a menudo me hacía la misma pregunta: ¿Qué hago yo aquí? aunque la rama de la familia a la que pertenezco nunca tuvo el dinero necesario para encajar en este casillero, siempre fui considerada un miembro de la *«clase alta»* a la que, dicho sea de paso, nunca tuve interés en pertenecer. Constantemente era invitada a reuniones sociales, a las cuales no podía ni me importaba corresponder. Cuando era muy chica mi abuelita me contó que mi primer antepasado fue un ermitaño. No sé si sería cierto, —de todas maneras ya no queda vivo ningún miembro de la familia para corroborarlo o negarlo—. Si así fue, este señor de alguna manera se las arregló para tener una o varias mujeres que le dieron otros tantos hijos, uno de los cuales fue mi remoto tatarabuelo, chozno o como se llame y algo debo haber heredado del carácter de este personaje, porque mi rechazo por este tipo de reuniones va en aumento conforme voy avanzando en edad. Me resultan especialmente odiosos los *«showers»*, que siempre me han parecido el despliegue de frivolidad más absoluta y por alguna razón, se han convertido en el más *«tradicional»* de los agasajos que ofrecen sus amigas a las muchachas a punto de contraer matrimonio. Desde el nombre es huachafo. ¿Por qué no lo pueden llamar despedida de soltera, como se llamaba antes? O de ser imprescindible una traducción literal de la palabra inglesa, ¿no podría ser, en todo caso, lluvia de regalos o ducha de regalos? Hubo unos cuantos de estos «*showers*» a los que no pude librarme de asistir por ser familiar cercano o muy amiga de alguno de los novios o de sus familias. En estas ocasiones, me reclutaron para ser 'oferente', dudosa distinción que no podía rehusar sin ofender mortalmente a la agasajada.

Desde que ponía el primer pie en el umbral de la puerta de entrada, automáticamente en mi mente se representaban las etapas en que se iban a desarrollar estas reuniones, porque todas eran cortadas por la misma tijera: Una primorosa mesa, vestida de encaje, servía para ubicar el elaborado cofre de plata repujada, para poner la obligatoria cuota, siempre en dólares americanos y una artística pluma para firmar el aun más artístico pliego de pergamino pintado a mano.

Este primer trámite autorizaba a pasar a los diferentes ambientes de la mansión. Ya fuera en los salones, durante el invierno, o en el inmenso jardín en el verano.

Después de haber asistido a unas cuantas de estas soporíferas reuniones, sabía de memoria las conversaciones. Aun antes de que se produjeran, podía calcular casi al minuto si había llegado a tiempo o se me había hecho tarde según el momento en que se encontraran. Invariablemente, se comenzaba con la narración de los fabulosos viajes a los Estados Unidos o Europa efectuados recientemente por las damas concurrentes. El lugar más apartado que yo había visitado últimamente era Cuyum y no pensaba compartirlo con ellas. —No sé por qué, tenía la impresión de que se reirían de mí—.

La moda era una parte importantísima y debía ser tomada en consideración para no caer en desgracia. La mayoría asistía con vestidos de «diseñador», zapatos, cartera y accesorios adquiridos en Europa —al menos así lo deslizaban en la conversación, como quien no quiere la cosa. —Casi siempre la verdad era que los habían adquirido en Miami en una de las casas de descuento que rematan a muy bajo precio lo que no se ha llegado a vender en las grandes tiendas durante la temporada que está por finalizar. En Lima, convenientemente, la temporada de verano coincide con la de invierno en Norteamérica y viceversa, así que «el último grito de la moda» se puede conseguir por unos cuantos dólares en vez del precio original de varios cientos. Personalmente, nunca me ha interesado la moda pero para no desentonar y sin quererlo cayendo en el juego, siempre procuraba asistir decorosamente vestida. Me habían recomendado una costurera muy hábil, capaz de reproducir cualquier modelo que apareciera en los últimos figurines. Juanita trabajaba muy bien y, comprando yo misma la tela, la ropa me salía por una fracción del costo en tienda.

Agotado el tema de los viajes, y como si se tratara de una lección aprendida (posiblemente lo era), se pasaba al tema de los hijos. Alguien daba pie preguntando casualmente:

—Carmelita, ¿cómo está tu enano? Hace tiempo que no lo veo.

Ésta era la señal para empezar las fanfarronadas acerca de las extraordinarias dotes de los hijos.

—Francisquito es... ¿como diría yo?... ¡M-O-Z-A-R-T R-E-D-I-V-I-V-O! ¡Vieran con qué facilidad toca piezas complicadísimas en el piano! Es increíble, como sus deditos tan regordetes vuelan sobre las teclas... —respondía Carmela.

— ¿Deverasssss? —preguntaban a coro las demás—. Tenemos que ir a tu casa para escucharlo tocar, ¿cuándo nos invitas?

—Cuando quieran, chicas, ya saben que siempre son bienvenidas.

Una segunda mamá, aprovechando la pausa, se lanzaba al ruedo:

— ¿No saben? Laurita está yendo al nido desde hace dos meses y, a pesar de que sólo tiene dos añitos, está leyendo casi de corrido. Parece imposible...

Oportunamente, todas las demás expresaban su admiración.

— ¡No-te-lo-puedo-creer!... ¿tan chiquita?

— ¡Los niños de hoy nacen sabiendo! —sentenciaba otra como si hubiera emitido la frase más original del mundo— Y una más tomaba el hilo y alardeaba:

—Sí, estoy de acuerdo, son I-N-T-E-L-I-G-E-N-T-Í-S-I-M-O-S. Les cuento que mi Susy va el próximo año a la Villa. No se imaginan lo que he tenido que luchar para ponerla en la academia de preparación; mi marido ha tenido que mover todas sus influencias porque, así nomás, cualquiera no entra. Todas las academias pre-kinder, están full. El examen de ingreso es muy difícil, pero la Susy lo pasó con H-O-N-O-R-E-S —y se pavoneaba sabiendo que la noticia elevaba su estatus a los ojos de sus amigas.

— ¡Nooooo, qué trome! —repetían todas a coro, como obedeciendo a una batuta invisible...

Al final, no había una que no tuviera en casa un pequeño genio.

Al extinguirse el tema de las genialidades de los hijos, invariablemente, se pasaba al otro tema obligado: el de las empleadas domésticas.

—No sé adónde vamos a ir a parar —decía una de las asistentes, balanceando el pie para que sus amigas notaran que su zapato era un auténtico *Chanel*— no hay un límite para lo imposibles que se están poniendo las sirvientas. ¡Imagínense!, ahora hasta quieren permiso para ir al colegio todos los días, ¿qué se han creído? ¿Quién va a vigilar la comida de los niños si ellas se van a estudiar? ¡Para eso se les paga un buen sueldo! O trabajan, o estudian ¿no les parece?

Arreglándose la infinidad de cadenas y collares que le colgaban del cuello, otra intervenía:

—La mía me ha pedido que le aumente el sueldo. ¡Encima de todo lo que me roba y lo que rompe! eso es lo que saco por ser buena. ¡Ellas no tienen ninguna obligación, todo su sueldo es para tirárselo encima! No gastan en casa, ni en comida y a veces ni en ropa, como en mi caso. Cada final de temporada separo lo que quiero guardar y le digo: «Hijita, lávame y plánchame bien estas piezas. Con las otras te puedes quedar». Y le doy toda la ropa que ya no voy a usar el próximo año.

Una tercera añadía:

—Lo más grave es que ahora ya no aceptan tener su salida cualquier día de la semana: tiene que ser los domingos, el único día que tenemos para salir con nuestros esposos. ¡No hay derecho! También se niegan a trabajar en Navidad y Año Nuevo, ¿se figuran? ¡En las fechas en que más las necesitamos! ¡Help!

Todas movían sus bien peinadas cabezas de lado a lado. Me recordaban a los muñecos con cabezas bamboleantes que veo a menudo en el panel de instrumentos de los colectivos en que viajo. Al llegar a este punto me consolaba pensando que la insoportable cháchara estaba próxima a terminar porque se estaba aproximando la hora de «pasar a servirse».

Aunque la mayoría casi ni tocaba la comida para no perder la línea, ésta era la única parte de la reunión que yo esperaba con cierta expectativa: a estas alturas, porque después de la cháchara anterior, me estaba muriendo de hambre.

Por entonces, se habían puesto muy de moda los negocios especializados que proveían desde las sillas vestidas y las mesas con manteles largos, hasta la decoración —siempre realizada con mucho gusto y gran imaginación por señoras que habían vivido tiempos mejores y se esmeraban en cumplir con los deseos de las oferentes.

La comida era siempre lo mejor de la noche. Los 'bocaditos' eran deliciosos pero, haciendo honor a su nombre, tan pequeños que obligaban a ingerir una copiosa cantidad para alcanzar el equivalente de un sándwich de tamaño decente.

El fotógrafo, contratado para documentar el acontecimiento social desde el arribo de la agasajada, anunciaba el inicio de la sesión fotográfica formal, en que cada una de las asistentes estaba obligada a fotografiarse con la novia. Esa era la parte gorda de su negocio, pues libreta en mano apuntaba el nombre y dirección de las invitadas para ir a vender las fotos al día siguiente. La sesión, dependiendo del número de asistentes, podía prolongarse por varias horas, pero era la parte final antes de que se produjera la desbandada, pero todavía quedaban por escuchar las mismas bromas acerca de las «sorpresas» que esperaban a la novia en la noche de bodas (generalmente la pareja había convivido durante varios años), y los atributos anatómicos del novio (ya bien conocidos por la novia). Al llegar a este punto la sensación claustrofóbica amenazaba con asfixiarme.

Varias veces, al acercarme a un grupo, había escuchado los términos «antisocial» y «desadaptada» e intuía que las personas que enunciaban estos conceptos, se referían a mí, porque cuando notaban mi presencia, se quedaban calladas. Al principio me molestaban un poco, pero luego dejé de darles importancia, después de todo, reflejaban una verdad: eran los comentarios de miembros de una esfera social que yo no comprendía y de la que no quería formar parte.

Reflexionando sobre eso, de un momento a otro se me hizo la luz. Si con tal de lograr sus objetivos Santusa e Iskay, Toribio y

Kukuyu y casi todo el resto de la población de La Esperanza, habían podido dejar atrás todo lo que conocían y constituía su único mundo, para enfrentar lo desconocido en un nuevo lugar, no había razón que me impidiera hacer otro tanto.

CAPÍTULO 28

Al llegar a esta conclusión, la necesidad de dejar la gran ciudad se hizo tan imperiosa que me sentía como, si hubiera estado largo rato bajo el agua y tuviera que salir a la superficie a respirar, o me ahogaría. En lo personal, me asaltaba cada vez con más frecuencia una sensación de deja-vu. Yo estaba en los dos lugares al mismo tiempo. Cada lugar me recordaba alguno de Cuyum; cada construcción a medias, La Esperanza; cada momento, algo vivido anteriormente; cada cara, la de alguno de mis amigos. En una palabra, extrañaba.

Todavía me quedaban algunas dudas, después de todo era mi futuro entero lo que estaba en juego: una parte de mí quería regresar a Cuyum y quedarse a vivir ahí para siempre, pero la otra razonaba que, si lo hacía, no podría desarrollar a cabalidad mi vocación de periodista y escritora. Con el tiempo, seguramente me estancaría y me sería aun más difícil retomar el hilo cuando quisiera hacerlo posteriormente. Por desgracia, las provincias, por cercanas que estuvieran, todavía tenían un siglo de atraso respecto a la capital. Todo estaba centrado en Lima, pero, ¿merecía la pena vivir en un lugar donde los delincuentes campeaban mientras la gente honesta tenía que encerrarse entre rejas? Ya tenía muchos indicios de que éste no era el lugar idóneo para mi tarea. Decidí tomarme un año sabático y después ya vería, felizmente no tenía apuros económicos. Con la venta de la casa de mis padres y mis ahorros, había reunido una suma de dinero que me podía durar muchos años, quizás para siempre si era bien administrada. La firma inversionista que manejaba mis fondos me merecía confianza, además nadie dependía de mí y yo acostumbraba vivir frugalmente. Si algún día me veía ajustada, siempre me quedaba el recurso de escribir uno que otro artículo para periódicos y revistas como colaboradora.

Entre una y otra cosa, habían transcurrido unos cinco o seis años cuando los deseos, que había venido experimentando desde buen tiempo atrás, de visitar nuevamente a la gente de La Esperanza, se tornaron irresistibles. También sentía una gran curiosidad por ver si 'nuestro parque' había sobrevivido y en qué condiciones se encontraba, así que, sin avisarle a nadie de mi llegada, metí unas cuantas cosas en una maleta y emprendí el camino a Cuyum.

En el trayecto, acudían a mi mente un montón de preguntas que trataba de contestarme a mí misma contemplando una variedad de posibilidades. Por un lado, me inquietaban los pensamientos más sombríos. ¿Sería posible que, con el tiempo transcurrido, hubiese idealizado tanto el tiempo vivido en Cuyum que mi regreso significara una gran desilusión, al encontrar que todo aquello por lo que habíamos trabajado tan arduamente había sido abandonado y revertido a lo que fue anteriormente? ¿Encontraría nuevamente un muladar? En mi fuero interno, no podía realmente creer que las personas que había conocido bien, y que se esforzaron tanto por lograr los resultados que obtuvimos, hubieran dejado que todo se lo llevara la trampa. Me gustaba más pensar que habían hecho lo necesario para conservarlo y mejorarlo y que encontraría pequeñas adiciones, quizás alguna que otra banca, hechas por los pobladores. Al cabo de un rato, me obligué a dejar de imaginar situaciones. Me faltaba poco para llegar y ver la realidad por mí misma. Con todo, no estaba ni remotamente preparada para lo que me esperaba.

El modesto parquecito se había convertido en un oasis de color. El espacio central lo ocupaba una hermosa fuente que había sido construida y colocada en su lugar tal como lo planeáramos. La miré encantada. Lanzaba largos chorros de agua y su estructura central, con el tiempo y la humedad, se había cubierto de helechos y culantrillos. El tranquilizador placer que producía el simple hecho de mirarla se veía complementado por la posibilidad de beber su agua, limpia y fresca. De hecho, vi a varios niños, muy pequeños para alcanzar los surtidores, que con sus vasos de plástico en la mano les pedían a sus madres que se los llenaran.

Desde donde me encontraba, no podía definir el contorno de algo que me pareció una escultura, próxima a la pila en uno de los lados del parque. Supuse que los vecinos habían erigido una especie de monumento recordatorio, pero al acercarme un poco más, vi que se trataba de una «apacheta», tales montículos de piedra se encuentran a lo largo de todos los senderos de la sierra y los caminantes los colocan como ofrendas a la Pacha Mama para que les conceda un buen viaje. Como ya he dicho, La Esperanza es un punto intermedio entre la Carretera Panamericana, que recorre el territorio nacional de Tumbes a Tacna, y la ciudad de Cuyum, que sirve de enlace entre Lima y la sierra. El monumento, por lo tanto, me pareció muy apropiado, ya que por su ubicación, el barrio de La Esperanza recibe continuamente visitantes de otras localidades que, luego de una breve estadía, parten en una dirección o la otra. La «apacheta», me enteraría después, fue una idea colectiva de los vecinos, que usaron las piedras sobrantes de la decoración del parque.

Entre todos, asimismo, habían construido bancas de troncos, algunas de las cuales fueron colocadas alrededor de la pila, donde las personas mayores se sentaban a disfrutar de la frescura que proporcionaba. Los originales caminos de cascajo, habían sido sustituidos por amplias veredas de cemento.

Por otro lado, podía ver la cantidad de flores de todos los colores que habían crecido en los espacios delineados con piedras pintadas de blanco. Los árboles, ahora altos y fuertes, sostenían nueva vida; se oían trinos de pajaritos entre los gritos felices de niños que corrían y jugaban bajo la mirada atenta de sus padres. Pude identificar a unos cuantos de esos padres jóvenes que se habían casado durante mis años de ausencia; entre ellos los hijos de Fukunaka, que ahora llevaban a sus recientemente fundadas familias a pasar una tarde de esparcimiento en el Parque de los Sueños.

Nadie había notado mi presencia y yo observaba, fascinada, no sólo la transformación del espacio que una vez fue un basural, sino las casas cuyas fachadas habían sido terminadas y pintadas para darle un marco diferente a nuestro parque y la nueva actitud que se podía apreciar en la gente. El orgullo, la dignidad y el optimismo que habían reemplazado la desesperanza que varios años antes observara en el rostro de Santusa, ahora convertida en una de las personas notables del barrio, eran suficiente recompensa... si yo hubiera estado buscando alguna.

CAPÍTULO 29

Los grupos de adolescentes que paseaban y conversaban dando interminables vueltas alrededor del perímetro del parque, ahora circundado por la amplia vereda, eran vigilados estrechamente por muchos de los vecinos que habían colocado bancas estratégicamente frente a sus hogares. Sorprendida, me di cuenta de que estos jóvenes, ahora casi adultos, eran los niñitos que ayudaron a sus madres en la recolección de piedras, tiempo atrás. Una parejita se hacía arrumacos en una de las bancas más alejadas. Sus facciones me eran conocidas: fijándome bien, descubrí que pertenecían a Marcos, ahora transformado en un jovencito de unos dieciocho o diecinueve años, y la hija menor de los Padilla, Angelita, también convertida en una linda mujercita de unos diecisiete.

No sin cierta pena, comprobé que al haber pasado tanto tiempo fuera de Cuyum me había perdido una parte de su historia y de la evolución de sus habitantes. Inclusive, alguno de los paseantes me echó una mirada curiosa al pasar, sin reconocerme.

De pronto, Angelita miró casualmente en mi dirección.

— ¡Madrina! —gritó y vino corriendo a abrazarme, seguida por muchos más que en ese momento tomaban conciencia de mi presencia. Se mostraban tan contentos por mi visita, que me invadió un sentimiento de vergüenza por haberlos abandonado durante todos esos años. De inmediato fui llevada, prácticamente en volandas, a la conocida sala de la casa de Faustino e Ida Padilla. Allí no había cambiado nada, todo estaba igual a como lo recordaba. Casi había olvidado el ritual, cuando la botella de Guinda de Huaura y las empanaditas, chiquitas y sabrosas cubiertas con azúcar en polvo, hicieron su aparición y brindamos por el reencuentro.

—Se ha hecho extrañar, madrina —me dijo Padilla, y, de pronto, todos querían hacerme preguntas:

— ¿Cómo encontró Lima?

— ¿Por qué se quedó tanto tiempo por allá?

Les explique que mis padres habían estado enfermos durante muchos años y que los dos habían muerto con sólo diez meses de separación.

— ¿Cuánto tiempo se va a quedar con nosotros esta vez?

Para esta pregunta aún no tenia respuesta, —no lo sé, repuse con sencillez.

— ¿Ya escribió su novela?

—No, todavía no —les respondí con algo de cortedad, porque en mi fuero interno sabía que no sólo mis problemas familiares me habían impedido hacerlo. En el fondo, lo que había hecho era postergarla por la serie de dudas que me asaltaban continuamente.

El siempre bromista Padilla aún añadió:

—Apúrese, madrina, que queremos ver la película. Seguramente se va a olvidar de nosotros cuando le paguen los millones que dicen que pagan en Jolibúd.

Todos festejamos sus ocurrencias.

—Ya pare de tomarme el pelo, Faustino —le dije—. Yo también tengo curiosidad por saber lo que ha pasado en La Esperanza y en Cuyum durante todo este tiempo. Seis años no son poca cosa, deben tener muchas novedades que contarme, ¿no? Sobre todo usted, que siempre se entera de todo.

—Bueno, sí han pasado algunas cosas; no tan rápido como en la ciudad, pero el tiempo pasa para todos y las cosas cambian —me dijo Padilla—. ¿Se acuerda del alcalde Vera Jara? —me pregunto en seguida.

— ¿Y cómo lo voy a olvidar? —le respondí—. Recuerdo muy bien todos los obstáculos que nos puso para evitar que pudiéramos realizar el Parque de los Sueños y su desvergüenza al tratar de apropiarse del mérito una vez que lo vio terminado.

—Para ese entonces ya no le fue fácil ganar las elecciones, era demasiado notorio que nadie lo quería. Tenía su fraude preparado una vez más, pero no lo dejamos. Fuimos tempranito a votar y entramos los primeros, y ¿qué cree que encontramos? Las urnas ya estaban casi llenas. Si nadie había votado todavía... ¿cómo era esto posible? Sacamos esos votos de las cajas y los quemamos todos en la plaza. Hasta los canales de televisión de Lima vinieron a filmar la quema. Todos salimos a las calles a protestar.

—Hubo un escándalo grande, ¿quién iba a votar de nuevo por él? Ni su mamá —decía otro de los vecinos presentes y, entre todos, me fueron poniendo al tanto de las novedades, de todo lo ocurrido desde mi partida.

— ¿Y qué fue de Vera Jara? —les pregunté—. ¿Logró Huillca finalmente mandarlo a la cárcel?

—No, se escapó como el cobarde que siempre fue. Tirar la piedra y esconder la mano fue su política acostumbrada pero desde que fue descubierta y puesta de manifiesto la manipulación de los votos, desapareció de Cuyum. Nadie sabe dónde está.

Me contaron además, que en su lugar había un nuevo alcalde tan corrupto e inepto como el anterior. El cura Huillca solo había tenido que cambiar la puntería de su artillería y, sin mucho esfuerzo, lo había convertirlo en el nuevo blanco de sus ataques.

Algunos de los miembros de la comunidad, los más ancianos, felizmente muy pocos, habían fallecido. Entre ellos, don Hilario Panta. Me dio mucha pena saber que ya no iba a ver más a aquel señor que había sido uno de los pilares en la construcción de El Parque de los Sueños, siempre tan positivo y tan generoso con sus contribuciones. Me informaron que había sufrido de presión arterial alta durante mucho tiempo. Todos pensaron que estaba controlada con los medicamentos que le recetó el doctor Morán, de Cuyum, y que la señorita Lydia, la farmacéutica, encargaba periódicamente a Lima para que nunca le faltara una buena provisión. Con todo, una noche, don Hilario se fue a dormir y ya no despertó. Un fulminante ataque cardiaco acabó con su vida.

La señora Luzmila, su esposa, sí estaba viva y gozaba de relativa buena salud. Lo único que la molestaba era la artritis que había ido empeorando hasta casi privarla de movimiento en las piernas.

Poco antes de morir, Don Hilario le había comprado una flamante silla de ruedas que ella usaba todas las tardes para ir a sentarse en «nuestro parque». Por lo demás, estaba sana y, para aminorar en algo su dolor por haber perdido al compañero de su vida, había volcado todo su cariño en Marcos. Ya soñaba con el momento en que su hijo y Angelita formalizaran su relación, aunque todavía les faltaban unos cuantos años para terminar sus estudios, y le dieran los nietos que tanto deseaba. A todo el que quisiera escuchar le decía que el vacío dejado por don Hilario hacía que su casa se viera aún más grande y desolada. Necesitaba nueva vida, ser llenada nuevamente con risas de niños que jugaran y corrieran por sus amplias habitaciones para desalojar el eco fantasmal que ahora parecía llenarlas.

Algunos de los antiguos vecinos decidieron mudarse a la cercana ciudad de Huacho en busca de trabajo, pero casi todos volvían a menudo de visita, ellos no perdieron el contacto.

En cambio, Padilla no tenía ninguna información de la suerte que habían corrido los que quisieron empezar una nueva vida en Lima. Yo sí sabía lo que les había pasado a estos últimos. Como a muchos otros, se los tragó la ciudad. Pero la mayoría, entre los que se encontraban mis amigos Santusa e Iskay, escogieron quedarse en La Esperanza y habían prosperado.

CAPÍTULO 30

Santusa, que había sido de las primeras en llegar a saludarme, tenía mucho que contarme y sentándose junto a mí soltó todo lo que había venido acumulando, de una sola tirada, como si ya no pudiera contenerse más. Qué diferencia con la primera vez que nos vimos, en la que arrancarle una palabra era tan difícil.

«¿Sabes siñurita Gringa? Muchas cosas han pasado desde que te fuiste a Lima. Primero el Wilber entró a la escuela ¡vieras como le gusta! Estudia mucho y también ya tiene muchos amiguitos y juega con ellos. Cuando voy a recogerlo en las tardes, no quiere salir. Tengo que reñirlo para que salga. Le gusta quedarse jugando bolitas y vuelve todo cochino, lleno de tierra viene. Yo me quedé sola con la Deisi y como ya no tenía mucho que hacer, me puse mi negocito. Todos los días, temprano, me levantaba y le daba su desayuno al Iskay para que se fuera a trabajar. Después les servía su quáker al Wilber y a la Deisi, los lavaba, los vestía y los peinaba —porque a mí me gusta que el Wilber vaya bien limpiecito a la escuela. De ahí regresaba corriendo, jalando a la Deisi detrás mío, a tostar la canchita, las habas y el maní. En después, llenaba los cucuruchos de papel que compro en la papelería —el Toribio también me enseñó eso—. Bien bonita arreglaba mi canasta, los cucuruchos rojos los llenaba con canchita, como la bandera peruana, pues. Los verdes los llenaba con maní y los amarillos con habitas saladas. Todo estaba bien calientito, bien riquito y la gente me compraba mucho. Yo me ponía en la esquina del parque frente a la casa de don Padilla, así todas las personas que venían a la tienda a comprarle a él me compraban a mí también. También a esa hora pasa mucha gente que va a Cuyum y todos querían comprarme mi mercadería. Después que tú me enseñaste a leer, cuando te fuiste yo me compré unas tablas para aprender a sumar y restar. Cuando no sabía algo, le preguntaba al Toribio o a don Padilla y ellos me decían cómo era. Yo ya había aprendido un poco de sumar, pero tenía que contar con mis dedos, con frejoles, piedritas, cualquier cosa, para poder sacar las cuentas, ahora ya sé escribir los números y es más fácil. Tenía mi cuaderno donde escribía todos los días cuánto me costaba el maíz para hacer la canchita, las habas, el maní, todo lo que compraba. En la otra hoja anotaba todo lo que vendía y en la noche el Toribio me ayudaba a sacar la cuenta de lo que había ganado ese día, al final de la semana también me ayudaban el Toribio o don Padilla porque ya eran muchos números para mí y yo no podía contar tanto.

Estaba ganando buena platita, pero el Iskay se me estaba amorriñando, pues, porque él seguía ganando lo mismo que antes en la chacra, seguía de peón nomás en La Aurora y su sueldo no subía nunca. Yo ganaba más plata que él y bien resentido estaba, ya no quería hablarme y nos peleábamos todo el tiempo como el perro y el gato.

El Toribio y la Kukuyu, que viven al ladito nomás, nos oían gritar todos los días, preocupados estaban, no nos fuéramos a separar, por eso una noche vinieron a nuestra casa. El Toribio tenía una idea y la conversó con el Iskay.

Iskay, —le dijo— tu estas sufriendo y la estás haciendo sufrir a la Santusa... y todo ¿por qué? ¡Por plata! Tú te rompes los lomos en la hacienda, pero te pagan poco y nunca te van a pagar más porque no les conviene. Si te suben el sueldo a ti, tendrían que subirle a todos y eso les quitaría ganancias a ellos, por eso no lo van a hacer ni aunque nos vean caer muertos.

Yo trabajo en el grifo y no me va mal, pero tampoco es por mi linda cara, sino porque mis ideas les aportan dinero. Si no fuera así ganaría igual o menos que tu. Mientras no pongamos nuestro propio negocio vamos a estar a la merced de los patrones. Tenemos que independizarnos, es la única forma de salir de la miseria. Vamos a hablar con todos nuestros vecinos de la Nueva Esperanza, los que hemos venido hace pocos meses o años y todavía vivimos en chozas. Tengo una idea que creo que les va a gustar.

—Y sí que nos gustó mucho, siñurita Gringa, ahora todos trabajamos y ya no nos peleamos».

¡Qué buena noticia Santusa! —Le respondí cuando por fin paró de hablar para tomar un poco de aliento—.

—«Tienes que venir, siñurita Gringa, —continuó con el mismo entusiasmo después de la pausa— para que conozcas nuestras casas nuevas, todas tienen su jardincito con flores, bien bonitas están. Tu nos trajiste la buena suerte me dijo mirándome con un cariño que me emocionó». Con un nudo en la garganta le prometí que iría al día siguiente sin falta.

Todos tomaban turnos para informarme de sus logros y el progreso alcanzado en todos los niveles. Ahora contaban con luz eléctrica, agua y desagüe en sus viviendas, sus niños iban todos a la escuela y estaban bien vestidos y alimentados y pude ver en sus rostros la satisfacción de haberse superado como personas. La reunión continuó animadamente, parecía que todo el barrio de la Esperanza estaba presente, hasta el cura Huillca y su familia había acudido a saludarme. Veía muchas caras conocidas, también algunas nuevas, pero me faltaba una. En un momento dado, noté la ausencia de mi querido amigo y pregunté:

— ¿Dónde está Fukunaka?

—Ya mandé a mi sobrino a buscarlo —me informó Padilla—. Mi compadre no debe saber que usted ha llegado, de otro modo ya estaría aquí. Seguramente ya no tarda en venir —me dijo.

Me iba a dar gusto verlo otra vez; siempre estuvo entre mis personajes favoritos.

Unos minutos más tarde, la imponente figura de Ichiro Fukunaka apareció en el umbral de la puerta. Como de costumbre, llevaba a doña Rosita colgada de su brazo. Ambos, sonrientes, me dieron un afectuoso abrazo de bienvenida. Ichiro lucía físicamente igual y seguía tan bromista y enamorado de su mujer como siempre. Su altísima figura se conservaba muy erguida. A pesar de que ya debía pasar los sesenta y cinco años, su rostro era el mismo; no parecía haber pasado un solo día por él desde que dejé de verlo. Me contó que, al haber disminuido su carga familiar, había abandonado la pesca de camarones, que ya le estaba resultando demasiado pesada, y sólo conservaba el negocio de esteras que, por otra parte, sus hijos manejaban muy bien, por lo que él prácticamente estaba «viviendo de sus rentas». Y se puso a reír con esa risa estentórea que yo conocía tan bien y que fue coreada por doña Rosita, que le festejaba todas sus ocurrencias.

Todos estábamos felices, las familiares caras de mis amigos reflejaban bienestar y reinaba una gran alegría. Pude darme cuenta de que se seguía manteniendo la antigua camaradería entre los que participamos en la construcción del parque, pero más gusto aún me dio comprobar cómo una acción, que a muchos puede parecer insignificante, es a su vez capaz de transformar la vida de toda una comunidad.

CAPÍTULO 31

La noche de mi llegada fui invitada a pernoctar en la casa de los Padilla y al día siguiente muy temprano me dirigí a nuestro parque. Me quedé largo tiempo contemplando nuestra obra, saboreando nuevamente los recuerdos. Cada árbol, arbusto o flor tenía su historia, cada banca, la fuente que finalmente la engalanaba. La vista del Parque de los Sueños nuevamente me había transportado al tiempo en que conocí a Santusa. Me parecía que había transcurrido toda una vida y sin embargo solo hacían siete u ocho años de este encuentro que cambió la existencia de todos para siempre, incluyendo la mía.

Era temprano y había muy poca gente por los alrededores así que pude rememorar sin tener que esconder mis emociones. Me acerqué a mirar la apacheta, mentalmente le rendí homenaje a don Hilario Panta que ya no estaba para ver los resultados de nuestro arduo trabajo. Las flores a aquella hora perfumaban delicadamente el ambiente, todo se veía impecable, la gente de La Esperanza cuidaba su parque. Recorrí todo el perímetro, siempre envuelta en mi ensoñación, cuando de pronto me detuve asombrada, pues aunque lo sabía de antemano, no había ninguna relación entre lo que me había imaginado y la realidad: en la parte más alejada, la que estaba un poco elevada en relación al parque y el resto de casas de La

Esperanza y que recientemente había recibido el nombre de Nueva Esperanza, las construcciones de esteras, las chozas que habían sido las primeras viviendas de Santusa, Toribio y tantas familias mas, habían sido reemplazadas por primorosas casitas de adobe cada una de un color vivo y diferente. Parecía que un niño hubiera soltado a volar las alas de su imaginación en su libro de colorear, pintando casas de todos colores: amarillo retama, verde esmeralda, rojo indio, azul eléctrico y la mas inusual de todas, la de Santusa, estaba pintada de morado. Lo curioso es que el conjunto no desentonaba, por el contrario se veía muy armonioso y alegre. Cada casita, como me había dicho Santusa, tenía un pequeñísimo jardín a la entrada, muy bien cuidado, sembrado generalmente con geranios de color rojo o blanco y cercado por una rústica valla hecha con ramitas de árbol. Algunas tenían un farolito adornando la entrada, otras, solo un foco, pero todas las casas contaban con electricidad y las pequeñas ventanas que daban a la calle brillaban de limpias y todas lucían cortinas, por modestas que fueran.

Santusa salió a recibirme con grandes muestras de alegría. Quería enseñarme su prosperidad. Ella sabía que yo recordaba perfectamente la misérrima chocita donde me invitó aquel primer día un vaso de agua y un guiso de carnero.

Lo primero que noté al entrar a la habitación espaciosa, fresca, con ventanas por las que entraba la luz del sol a raudales, fue el piso de cemento que relucía como un espejo a consecuencia de las repetidas capas de cera roja recibidas de las manos amorosas de Santusa. Frente a la puerta de entrada, la mesa y las sillas del comedor, muy diferentes a las de su primera vivienda, se veían cómodas y sólidas pero el mueble, apoyado en la pared del fondo y focalizaba la atención, era una vitrina pequeña, donde orgullosamente se exhibía la vajilla que le regalé tantos años atrás. Seguía siendo su tesoro. Los muebles seguramente habían sido comprados de segunda mano, pero todos estaban tan impecablemente limpios, que parecían recién estrenados. A la mano izquierda, debajo de la ventana que daba a la calle, se había colocado una tarima angosta con un colchón delgado, cubierto por una alegre cretona de colores y dos o tres cojines, de manera que de día servía como sofá y de noche era la cama de Wilber, ahora ya un adolescente. Completaban este ambiente, una mesita larga frente al sofá y una silla con brazos.

Santusa me hizo pasear hasta el último rincón de su casa, se le veía radiante de felicidad. Mira mi cuarto, siñurita Gringa, ¡el Iskay ha construido los muebles! —me dijo orgullosamente.

—Qué bonito está todo— le dije— y verdaderamente era así porque, aunque sencillos, los rústicos muebles le daban al ambiente un aire de comodidad que Santusa no había conocido antes. Había un armario, una cama grande para la pareja y una más chica para Deisi, una pequeña cómoda y un espejo. ¡Ahora hasta tengo baño! me dijo mostrándome junto a su dormitorio, un minúsculo cuarto de baño. La casita la completaban una cocina diminuta y un patio aun más chico, con solo el espacio suficiente para un lavadero y un cordel para colgar la ropa lavada.

Por supuesto no me dejó ir sin servirme el almuerzo. Esta vez me sirvió arroz con estofado de pollo, muy sabroso. Comimos charlando de muchas cosas y al final hasta me sirvió un cafecito que ella sabía me gustaba y había comprado especialmente para mí.

En determinado momento le pregunté.

—Dime Santusa, ¿cómo han logrado, Iskay y tú, superar sus problemas y mejorar tanto económicamente en tan poco tiempo? Ya sé que me has dicho que fue gracias a una idea de Toribio que ahora trabajan todos, pero no me has contado cual fue la idea...

—«Pues... verás, siñurita Gringa, hacía tiempo que el Toribio estaba preocupado por los problemas que teníamos el Iskay y yo, pero no solamente nosotros los teníamos, casi todos los habitantes de La Nueva Esperanza tenían problemas igualitos a los nuestros y el Toribio venía rumiando la forma de mejorar nuestra vida, así que pensó mucho en todos los detalles y los consultó con don Padilla y don Fukunaka. Los dos dijeron que era una excelente idea y un día, nos llamó a todos los vecinos de La Nueva Esperanza, y nos dijo que a la noche siguiente fuéramos al Parque de los Sueños porque tenía algo importante que decirnos.

Algunos de los nuevos no querían ir, ellos no tenían amistad con la gente rica de La Esperanza, no habían trabajado como nosotros, en la construcción del parque y no tenían la confianza, eran tímidos, como era yo más antes, creían que los de La Esperanza los iban a mirar a menos porque no tenían plata y se mantenían un poco apartados. Pero el Toribio les habló bonito y los convenció, pues, y todos bajaron a escucharlo. Algún día, vas a ver, siñurita Gringa, el Toribio va a ser alcalde. Sabe cómo convencer a la gente.

— ¿Que les dijo? Pregunté.

—Comenzó, de frente, preguntándonos a todos:

—« ¿Dónde compran ustedes la comida para sus familias?»

—En el Mercado de Cuyum, —le respondimos todititos.

— « ¿Y les cobran barato?»

— ¡Nooo!—le contestamos.

— « ¿Saben por qué?»

Nosotros no sabíamos, esperábamos que él nos lo dijera.

— «Porque los que nos venden a nosotros, a su vez compran los alimentos en las haciendas y tienen que ganar un porcentaje para ellos y eso es legítimo, porque es su negocio —no caminaría si no lo hicieran— además tienen que pagar un alquiler por su puesto en

el mercado, la luz y el agua que usan y encima pagar arbitrios a la
municipalidad; por eso un kilo de papas, que cuesta en la chacra
cincuenta centavos, nos lo venden a nosotros en dos o tres soles. Y eso
se aplica a todo lo que compramos y es peor con el arroz, el azúcar
y otros productos que no se producen por aquí cerca y tienen que
traerlos en camión desde el norte. El costo de la gasolina, el sueldo
del chofer, el mantenimiento del camión, todo se carga al precio de
los alimentos. Cuando sube la gasolina, también sube la comida. ¿Es
así o no es así don Padilla?»

Le preguntó a don Padilla —que como ahora don Hilario Panta
es difunto, él es la única persona a la que preguntamos todo —y don
Padilla dijo que así mismo era.

En después el Toribio nos dijo:

«Amigos, ustedes se preguntarán a qué lleva todo esto, les digo
que tengo una propuesta que hacerles.»

—Bien bonito habla el Toribio, mejor que el alcalde, a veces hasta
mejor que el señor cura Huillca que siempre se arrebata mucho.

—*«En el terreno que ocupan nuestras chozas, hay un lote sin*
usar que todos ustedes conocen. ¿Qué les parece si formamos entre
todos una cooperativa para poder abastecernos nosotros mismos?
Compramos las verduras, las carnes, los huevos y la leche en las
haciendas, a precio de chacra. También podemos hacer tratos con los
proveedores que le traen los productos a la panadería de don Padilla
y quizás nos cobren barato, porque si de todas maneras le traen a él,
un poco mas de azúcar o harina, no significa mucho para ellos. ¿Es
cierto don Padilla?»

—Si—respondió don Padilla—yo vengo haciendo negocio con
ellos desde hace muchos años. Nunca he tenido problemas.

«Lo he pensado mucho y casi no hay forma de perder, pero si
quieren, podemos hacer la prueba para estar seguros. Los hombres

podemos hacer las compras en las mismas haciendas que trabajamos
actualmente y nuestras mujeres pueden hacerse cargo del mercadillo,
así todos tenemos trabajo y cuando comprobemos que el negocio va
bien, renunciamos a nuestros empleos y nos dedicamos todos juntos
a la cooperativa y de esa manera, sí vamos a poder vivir en buenas
casas y gozar de todas las comodidades que tienen los que vinieron
hace muchos años a La Esperanza. ¿Qué les parece la idea?»

—Todos hablábamos al mismo tiempo, ¿así de fácil era? ¿Cómo era posible que a nadies no se le hubiera ocurrido antes? Siempre habíamos tenido a la mano la solución a nuestros problemas y nadies no nos había aconsejado, sólo el Toribio. Todos estábamos entusiasmados y hasta quisimos levantar en hombros al Toribio, pero él no nos dejó.

Algunos hacían preguntas, tenían miedo de que cuando ganáramos nuestra platita tuviéramos que pagarle impuestos a la municipalidad de Cuyum, ellos siempre han visto la forma de sacar su sisa.

No, —nos contestaba el Toribio— porque el terreno va a seguir tan vacío como hasta ahora. Solo lo vamos a ocupar por horas, para vender los productos y luego retiramos las mesas o las jabas que usemos hasta el día siguiente. Esto no va a ser un establecimiento, es solo una forma de ayudarnos a nosotros mismos ya que nadie nos ha ayudado nunca.

Hubo otra persona que preguntó: ¿y qué vamos a hacer con todo el tiempo que nos quede libre? Tu mismo has dicho que sólo vamos a trabajar unas cuantas horas.

—No, le respondió el Toribio—yo he dicho que «el mercadillo va a funcionar unas horas al día», pero hay que hacer las compras en las haciendas, ordenar los otros productos a los proveedores, llevar la contabilidad, habilitar el terreno para que los alimentos no se contaminen, tenemos que observar mucha limpieza, también en cuanto nos empiece a entrar la plata tenemos que pensar en construir nuestras casas nuevas ¿y queremos que sean bonitas no?

—Sí, sí, decíamos todos— Hay mucho que hacer, amigos, les aseguro que no les va a quedar tiempo para rascarse la barriga.

Y así se terminó la asamblea, pero todos nos quedamos en el parque haciendo planes y manifestando nuestras ideas, hasta bien tarde».

—Qué bonito es esto que me cuentas, Santusa, le dije pensando para mis adentros que La Esperanza había soñado, una vez más, en El Parque de los Sueños.

Ni que decir tiene que la cooperativa le inyectó nueva vida a la comunidad. Tal como había predicho Toribio, haberse convertido en empresarios no solamente les proporcionaba dinero y el bienestar que lo acompaña, sino orgullo y auto estima, dos cosas prácticamente desconocidas entre los marginados y explotados pueblos del Perú.

Cuando me despedí, estaba contagiada de la felicidad de Santusa y el camino de regreso a Cuyum lo hice tarareando una canción.

El basural ya era historia antigua y el misérrimo barrio donde conocí a mi primera amiga era ahora un vecindario de alegres casitas pintadas con colores vivos, que habían sido levantadas ladrillo a ladrillo, muy pequeñitas, pero infinitamente mejores que la triste, miserable morada que conocí cuando por primera vez llegué La Esperanza.

CAPÍTULO 32

Mi regreso a la ciudad de Cuyum también fue festejado con regocijo por la familia Salinas, que me recibió con los brazos abiertos. La señora Gina salió corriendo de la cocina, secándose las manos en el delantal, para darme un gran abrazo de bienvenida. Tenía varias novedades que contarme y a duras penas pudo contenerse hasta que tomamos asiento en una de las sillas del comedor, mientras le ordenaba a un chiquillo que habían empleado para que desempeñara las tareas que antes realizaba su hijo, que nos trajera una jarra de limonada fresca. Parece mentira cómo se extrañan las cosas más simples. Ni muy dulce ni muy ácida, la limonada de la Pensión Salinas era una de las bebidas mas refrescantes que había probado. Me tomé un vaso entero del delicioso líquido y me serví un segundo, aun pecando de malcriada, antes de preguntarle:

— ¿Cómo ha estado, señora Ginita? ¿Cómo están Luis, Anita y el señor Pedro?

—Luis se fue a Lima hace tres años —me informó la señora Gina—. Él viene a vernos cada vez que tiene vacaciones, que no es muy seguido porque prefiere estudiar otros cursos en verano para avanzar más rápido con su carrera y terminar antes. A veces, cuando la pensión no está muy ocupada, mi esposo se da un salto por allá para asegurarse de que esté bien y no le falte nada. Le va muy bien en sus estudios, estamos muy satisfechos con él.

Toda esta información me la soltaba a borbotones, como si no hubiese tenido a nadie con quien conversar en los seis años de mi ausencia. Tuve que esperar a que hiciera una pausa y le pregunté:

— ¿Qué carrera está estudiando Luis señora Ginita?

— Está estudiando Ingeniería Civil en la Universidad Nacional de Ingeniería, me contestó. Le faltan aproximadamente dos años más, dependiendo de lo que le tome la investigación, producción y sustento de su tesis. Piensa especializarse en Ingeniería de Transporte e Infraestructura Vial. Se ha propuesto ejercer su carrera aquí mismo, en Cuyum y aplicar sus conocimientos para construir puentes y caminos para beneficio y desarrollo de su lugar de nacimiento. Como te habrás dado cuenta, la zona está ganando actualidad, ya era tiempo de que alguien le reconociera la importancia que tiene. Pedro y yo estamos muy orgullosos de nuestro hijo. La mayoría de los jóvenes una vez que están en Lima, se olvidan para siempre de sus orígenes.

Anita, llegaba en aquel momento y dando un grito de asombro se me lanzó encima con tanta fuerza que casi me hace perder el equilibrio.

— ¡Gringa! ¿Cuándo has llegado? Qué felicidad me da verte de nuevo, creí que ya no ibas a volver jamás, mi hermana mayor se me había perdido y no sabía dónde encontrarla y me abrazaba una y otra vez. ¡Tengo tantas novedades que contarte, que no sé por dónde empezar! Por lo pronto, la más importante es que estoy de novia.

— ¿De verdad? ¿Y quién es el afortunado? Le pregunté.

—Es un abogado joven, se llama Oscar Barreda de los Ríos y llegó de Lima al poco tiempo de recibir su título, hace dos años, para hacerse cargo de la Notaría Peláez ya que el antiguo notario, don Ramón Peláez, al que conociste, debía estar cerca de los ochenta años y decidió retirarse.

Oscar vino a hospedarse en la pensión mientras le preparaban el departamento que corresponde a su cargo, en los altos de la notaría. Yo estaba en la recepción ese día y apenas me saludó, se produjo el chispazo. Me gustó en seguida. Es alto y guapo y muy bien educado, tiene mucho don de gentes.

—Se nota que casi no te gusta, le dije riendo.

—Ja, ja, ja, estoy recontra enamorada Gringa, me muero por él.

— ¿Y él?— Le volví a preguntar— ¿también está igual de enamorado?

—Él, por su parte, dice que también apenas me vio, se dio cuenta de que yo era la mujer de su vida.

No era difícil figurarse que el joven abogado hubiera sido cautivado instantáneamente. La belleza natural, sin coquetería, que emanaba desde el interior y se reflejaba en el rostro de Anita le confería una actitud serena que se manifestaba en cada uno de sus movimientos y acciones.

—Me alegro mucho por ti, Anita — le dije abrazándola—. Deseo que seas muy feliz, lo mereces.

—Oscar va a venir después del trabajo, ya no falta mucho —me informó—. Todos los días viene a tomar el té con nosotros a las cinco y media; después salimos los dos a dar una vuelta en su automóvil, vamos al cine o cuando hace calor, a tomar un helado en la Plaza de Armas. Apenas llegue te lo presento, te va a gustar. Es muy bueno y me quiere mucho; además, es bien guapo —me dijo, guiñándome un ojo—. Ya vas a ver.

—Y tu anhelo de estudiar arte, ¿en qué quedó? Le pregunté, preocupada porque perdiera una parte muy importante de su personalidad.

—Estoy estudiando por correspondencia. Me envían de Lima las lecciones y las tareas de cada mes y yo les mando mis trabajos de vuelta. Saco muy buenas calificaciones y estoy avanzando bastante con la ayuda de los libros que me compra mi novio cada vez que tiene que viajar por su trabajo.

—Que bien, Anita, nunca abandones tu arte. Quizás algún día Oscar obtenga una notaría en Lima y puedas realizar tu sueño de estudiar en Bellas Artes.

—Sí, es una posibilidad que puede presentarse, me respondió la chica, Oscar me ha dicho lo mismo.

Cuando llegó el joven notario, en seguida me cayó bien. En efecto, era muy buen mozo pero no mostraba afectación alguna, era sencillo y atento y se notaba que «bebía los vientos» por Anita. Me comunicaron que se casarían dos meses después, el veintidós de julio, y que desde ya estaba invitada a la boda. A ésta sí iba a asistir con gusto.

No hubo «*shower*», pero sí una gran fiesta de despedida de solteros para ambos novios a la que acudieron todos sus parientes y los amigos tanto de Cuyum como de La Esperanza.

Para la reunión, las señoras acordaron que ellas aportarían la comida a fin de darle un poco de descanso a la señora Ginita. Cada una se esmeró con el plato que le tocó llevar y por su parte, los hombres contribuyeron con las bebidas. Entre todos habíamos hecho una colecta para comprarles un regalo y ese día, les entregamos un sobre que contenía una fotografía del refrigerador más grande y moderno que pudimos encontrar en «La Florida» y que ellos debían recoger a su conveniencia cuando su casita, que nuevamente estaba siendo remodelada y pintada, esta vez al gusto de Anita, estuviera lista para ser habitada. Anita estaba emocionada y Oscar no sabía cómo agradecer la familiaridad con que se le había acogido en el pueblo.

En los dos meses que siguieron y conforme se iba acercando la fecha del matrimonio, la señora Gina estuvo al borde del colapso nervioso varias veces. Sus múltiples ocupaciones en la pensión le dejaban muy poco tiempo sobrante para ocuparse de los mil detalles que debía atender. Había que mandar imprimir, dirigir y remitir los partes, contratar a los músicos, tanto para la iglesia como para la fiesta, escoger las flores, hacer la reservación del local donde se llevaría a cabo la recepción, ordenar el champagne. Ella quería procurarle a su hija la boda perfecta, pero todo parecía conspirar en su contra.

Con varios meses de anticipación, la señora Salinas había viajado con Anita a Lima para escoger la tela para el vestido de novia. Cuando, después de mucha espera, ésta llegó, al abrir la caja, que supuestamente contenía el encaje elegido tan meticulosamente, se dio con la amarga sorpresa de que le habían mandado uno muy diferente al que ordenara. No era ni tan fino ni tan blanco, más bien tenía un color crema, casi beige. Tampoco el diseño de delicadas flores, que ellas habían escogido, coincidía con los arabescos y florones de gran tamaño del que llegó que más parecía un mantel. Desesperada, la señora Gina corrió al teléfono para llamar a Luis, que estaba de vacaciones y próximo a viajar, y éste logró que corrigieran el error. Ofreciéndole disculpas, el dueño del almacén le permitió llevar el nuevo corte a Cuyum, con la promesa de Luis de devolver el equivocado cuando regresara a Lima una semana después. Afortunadamente, la modista encargada logró terminar el vestido a tiempo.

Por fin llegó el veintidós de julio. La Iglesia Matriz de Cuyum se veía impecable. Las bancas habían sido barnizadas y adornadas con lazos de satén blanco y flores rosadas. La larga alfombra roja, que sólo se usaba en ocasiones especiales, fue lavada y colocada en su lugar, en el corredor central de la nave que conducía directamente al altar, bellamente decorado con muchas flores y velas.

A las doce en punto llegó a la puerta de la iglesia el automóvil conduciendo a un muy elegante don Pedro quien, descendiendo por el lado de la pista, dio la vuelta al auto y le ofreció su brazo a una Anita radiante de felicidad. El señor Salinas no podía contener su orgullo cuando, al ritmo de la Marcha Nupcial, recorrió con su hija la alfombra roja, al final de la cual la entregaría a su futuro yerno, Oscar Barreda de los Ríos.

El cura Huillca comenzó la ceremonia con las frases de rigor:

—«*Hermanos, nos hemos reunido aquí para presenciar la unión en matrimonio de este hombre y esta mujer*»... —para, enseguida, continuar con una remembranza que abarcó desde el nacimiento de la novia a la cual había bautizado, ofrecido la primera comunión y visto crecer hasta convertirse en la hermosa joven mujer que ahora estaba ante él. Todas sus palabras reflejaban el cariño y la unión que caracterizaban a la gente de Cuyum. No era uno más de los sermones impersonales que son usuales en las bodas. Más bien parecían las palabras de un tío afectuoso hablando de una sobrina muy querida.

La adornada iglesia tampoco parecía ser la misma. Lejos estaban los días en que este mismo lugar sirviera de palestra para la eterna querella entre el cura y el alcalde Vera Jara.

La ceremonia fue sencilla y muy emotiva. Los ojos de Anita brillaban con lágrimas de alegría. Oscar, a su lado, apenas prestaba atención a las palabras del cura. Le faltaban ojos para contemplar embobado a la que estaba a punto de convertirse en su esposa. Su madre, de pie junto a el, actuaba como madrina. Era, sin lugar a dudas, el día más feliz de su vida.

También Don Pedro Salinas tenía un brillo sospechoso en los ojos, pero en ningún momento perdió la compostura —a diferencia de la temperamental señora Gina, que, sentada en la primera banca, al romperse el dique de las emociones contenidas durante tantos meses, lloraba a lágrima viva.

Al terminar el rito religioso, bebimos la tradicional copa de champagne en el salón de la iglesia que también había sido decorado con un estrado para que los novios recibieran el saludo de los concurrentes y equipado con mesas donde se alineaban las botellas de champán y las copas y unas fuentes con bocaditos para acompañarlas. Después de un rato, los que estábamos invitados a la recepción, partimos hacia el Club Social Cuyum.

Yo no había sabido de la existencia del club hasta ese momento. Me sorprendió encontrar un local de diseño moderno en medio de un bien cuidado jardín al que se ingresaba por una ancha puerta. Ésta daba a un hall de entrada redondo, de donde partían amplias escalinatas. El enorme salón central en el segundo piso, donde se iba a llevar a cabo la fiesta, estaba casi completamente rodeado por grandes ventanales que conectaban con espaciosas terrazas —dotadas de modernas barandas de madera y aluminio

Al centro del salón había sido colocada una mesa redonda donde se lucía la hermosa torta de bodas, confeccionada en la pastelería de Padilla, rodeada de una gran cantidad de mesas y sillas para acomodar a todos los invitados. Al fondo, un estrado donde se ubicó el conjunto musical —el de los hermanos Fukunaka, por supuesto— y debajo de este, la pista de baile.

En determinado momento, después de la deliciosa comida, Ichiro Fukunaka, que había abandonado su eterno gorro de lana y estaba irreconocible en su elegante terno azul, con radiante camisa blanca e impecable corbata a rayas, se puso de pie y, con su chispa habitual, hizo sonar un cuchillo contra la copa para llamar la atención de todos e iniciar la ronda de brindis por la felicidad de la nueva pareja:

—«*Hemos tenido muchas reuniones a lo largo de los años, unas cuantas tristes, pero la mayor parte de ellas para conmemorar o festejar momentos felices. Esta es una ocasión especialmente feliz, es el matrimonio de Anita y Oscar lo que celebramos. Parece que fue ayer cuando Anita nació y su mamá venía buscando anís a la panadería de mi compadre Padilla para los cólicos de gases que afectaban a la bebé —en este momento, Anita se puso roja como un tomate.*

También recuerdo cuando empezó el colegio y las cintas blancas que su mamá le ponía en el pelo... ¡qué linda se veía, casi tan linda como ahora! Después, cuando se le cayó el primer diente, ya no estaba tan linda —risas de todos—. Los jueves, cuando le llevaba los camarones a su mamá, me mostraba sus buenas calificaciones y los dibujos que hacía.

Cuando entró a la secundaria, siempre tan seriecita, continuó con sus éxitos en el colegio. Ahora me encuentro un poco desorientado. No sé adónde se fue el tiempo, de un momento a otro me entero de que la chiquilla de las trenzas y las buenas notas había conocido a Oscar y se casaba. Vinieron ellos mismos a darme la noticia. La felicidad que irradiaban sus rostros me hizo pensar que en poco tiempo estaría aquí con una copa en la mano, brindando por ellos y efectivamente así ha sucedido, pero nunca pensé que fuera tan pronto. Me están haciendo viejo estos muchachos, de pronto me van a decir que están esperando su quinto hijo —más risas—. Bueno, no se puede hacer nada en contra del tiempo. No me queda más que expresarles a los novios mis deseos de que la vida conjunta que ahora inician, esté llena de amor y prosperidad. ¡Salud y pesetas! Que sean muy felices.»

Por turnos, muchos de los invitados tomaron la palabra para expresar sus buenos deseos para el futuro en común de Anita y

Oscar. Seguidamente, la orquesta, que había estado tocando suaves melodías durante la comida y los discursos, cambió el ritmo por el del Vals de Aniversario, que Anita bailó con don Pedro hasta la mitad y culminó con su flamante esposo. Una vez más el ritmo cambió, esta vez a una alegre cumbia, como señal para que todas las parejas que lo desearan se lanzaran a la pista de baile.

Cerca de las diez de la noche los novios, que unos minutos antes habían ido a cambiarse de ropa, reaparecieron, ya con trajes de calle, listos para empezar su «luna de miel». Todos los seguimos, arrojándoles el arroz de los paquetitos que nos habían proporcionado, hasta el automóvil que los transportaría a Trujillo y que previamente había sido «decorado» por sus amigos con el infaltable cartel de «RECIÉN CASADOS» adherido a la maletera y rodeado de corazones pintados con lápiz labial y sartas de latas vacías amarradas a los parachoques para ser arrastradas por el camino haciendo el mayor ruido posible.

CAPÍTULO 33

Terminado el acontecimiento social del año, la vida en La Esperanza regresaba rápidamente a su rutina normal. Cada miembro de la comunidad volvía a dedicarse a sus labores cotidianas y yo empezaba a sentir la conocida picazón en los dedos por volver al trabajo que había aplazado durante tan largo tiempo. Hacía ya meses que había decidido instalarme en Cuyum y no moverme hasta dar por finalizada mi constantemente demorada novela. Creía haber reunido todos los requisitos para lograr un buen trabajo: escrupulosamente había escogido el tema y seleccionado mis personajes, el argumento se había enriquecido y desarrollado aun mejor de lo que esperé, sabía que tenía la habilidad para plasmarlo en palabras y además, ahora era dueña del tiempo necesario y había tomado la resolución de producir una obra que llegara a los lectores y capturara su atención, de otra manera, no tenía objeto relatar sucesos ocurridos a personas que nadie conoce. Mi experiencia como literata de ficción, sin embargo, se limitaba a ensayos infantiles. A los siete u ocho años ya disfrutaba escribiendo. Como casi todas las niñas llevaba un diario pero me parecía tan impersonal iniciar cada página con el consabido «Querido diario» que en vez de contarle lo que me ocurría a un cuaderno, inventé una amiga imaginaria y comencé un diálogo entre las dos personalidades dentro de mí. Me imaginaba conversaciones y situaciones y entre mi «amiga» y yo intercambiáramos cartas. A los nueve años, gané un concurso literario inter-escolar. Más tarde, como adolescente, produje unos cuantos poemas, pero me convencí que no era mi giro; siempre preferí la prosa. Poseía una imaginación muy fértil. Muchas veces, las ideas se me agolpaban con tanta rapidez que mi lápiz no llegaba a reproducirlas todas en el papel y me saltaba palabras sin notarlo. Esto no tenía importancia cuando sucedía solo con el diario, pero sí tenía consecuencias y me costaba una baja en mis calificaciones, si me ocurría al hacer mis tareas escolares. Pero sin faltar a la verdad, podría decir que nunca había tenido dificultad para convertir en palabras los cientos de pensamientos que se acumulaban en mi mente. Sin embargo, quizás por la falta de práctica, en mi edad adulta, con estudios superiores y mucha más experiencia de la vida, por más que trataba no surgía nada. Me sentía como embotada, desasosegada; no podía encontrar la chispa que encendiera mi inspiración. Llegado el momento de sentarme a la máquina de escribir, me quedaba en el limbo. Nunca antes había experimentado la frustrante sensación de ineptitud que me estaba embargando. Por el contrario, estaba acostumbrada a que las frases, oraciones y párrafos brotaran fluidamente al escribir mis historias, hasta fantaseaba que el espíritu de un escritor famoso era el que me dictaba y yo solo transcribía sus palabras. En los últimos años, sin embargo, mi fantasma me había abandonado. Mil veces me senté a escribir y otras mil abandoné el intento.

Todas las razones que me había dado a mí misma para demorar la producción de mi novela las veía ahora como lo que eran: excusas banales, sin sustento alguno.

Tenía que salir del entrampamiento y cuanto antes, mejor.

En la casa de los Salinas ahora sobraba espacio, pues el dormitorio que había sido de Anita estaba vacante y, aunque originalmente habían pensado habilitarlo como un cuarto de huéspedes más, últimamente los esposos contemplaban la idea de convertirlo en cuarto de juegos para el o los futuros nietos que, sin duda, llegarían pronto y a los que esperaban ansiosos.

Luis, había regresado a Lima para terminar sus estudios, y su dormitorio también estaba desocupado, pero como siempre era posible que volviera de improviso para una corta visita, lo mantenían listo para que pudiera instalarse en cualquier momento.

Muchas veces intenté escribir en el salón-biblioteca, pero me distraía la bulla que inevitablemente se producía entre los huéspedes que conversaban y se reían, escuchaban música o veían televisión. También los ruidos domésticos; una aspiradora empezando a funcionar repentinamente, o el ruido de los cubiertos al ser puestos sobre las mesas del comedor, me sacaban de mi concentración así que, al cabo de varias tentativas, solicité a los Salinas uno de los cuartos para poder desarrollar mi trabajo con tranquilidad.

—Por supuesto, Gringuita, escoge el que más te acomode. El dormitorio de Luis tiene un escritorio grande que te puede servir para poner tus papeles y tu máquina de escribir —me dijo la señora Gina con su amabilidad característica—. Por otro lado, el de Anita tiene más luz porque da a la calle, pero también se escucha más el ruido que entra por la ventana… tú decide cuál te conviene más.

—Gracias señora, creo que me quedo con el de Anita. No me gustaría que Luis viniera y encontrara su cuarto ocupado, se puede molestar y con mucha razón —le contesté.

—No tiene por qué molestarse, sus visitas son muy esporádicas y siempre avisa antes de venir. Además, un día, cuando seas famosa, le van a poner una placa a ese cuarto y él va a poder ufanarse de que en su cuarto fue escrita la famosa novela de la aun más famosa escritora Gringa Olazábal —me dijo bromeando.

—Señora, mi nombre no es Gringa, sino Verónica, y no creo que a nadie le interese saber dónde escribió su desconocida novela una aun más desconocida autora — le respondí riendo.

Al final, acordamos que ella me prestaría una mesa donde muchos años atrás ponía su máquina para coser la ropa de sus hijos y que éstos también habían usado de pequeños para hacer sus tareas escolares, pero que ahora estaba abandonada en el cuarto de depósito. La mesa mostraba múltiples cicatrices producidas por las tijeras y los alfileres, una que otra mancha de tinta, rastros de lápices de colores y témperas —testigos de la afición de Anita por el dibujo y la pintura— y otras huellas, unas identificables otras no; pero era sólida, y con una buena limpieza me iba a ser muy útil.

Dos o tres días después ya estaba lista para comenzar a verter lo que había acumulado en mi interior durante lo que parecía una eternidad y que estaba pugnando por salir. Me sentía como un volcán a punto de entrar en erupción. La historia estaba completa, los personajes estaban ahí, no había nada que inventarles. Tal como eran resultaban perfectos. Finalmente, renacía la esperanza de poder soltar a volar mi imaginación.

Inserté la primera hoja en la máquina de escribir. Me quedé largo rato contemplando su blancura y hasta me figuré que la hoja me devolvía la mirada, como invitándome a empezar. Al mirarla fijamente por un rato, me pareció vislumbrar en ella a un caballero antiguo con peinado de bucles y largos bigotes en forma de manubrio de bicicleta, mi fantasma particular, que cambiando su expresión soñadora por una mirada acusadora me estaba esperando con impaciencia y yo no podía, ni quería ignorarlo por más tiempo. De pronto, la represa que durante tanto tiempo había contenido mis ideas se rompió y de mis dedos empezó a emerger el flujo incontenible de las palabras largamente refrenadas. Volví a experimentar la antigua pasión, debía apresurarme para no correr el riesgo de no poder plasmarlas todas por la rapidez abrumadora con que surgían. Como el pianista que comienza a tocar en la sala de conciertos, ataqué con fuerza las teclas y empecé a escribir:

«*En ese momento no lo sabía pero el expreso de la ruta Lima-Chimbote que me dejó a la mitad del camino, en un punto de la carretera que ahora intento —sin conseguirlo—ubicar en mi memoria, no solo me había transportado de un punto a otro. En un par de horas, también había dividido mi existencia en dos: el «antes» que ya conocía bien y el «después» todavía por conocer. Me parece que a ese desconocimiento de lo que ocurriría se debe que el recuerdo del momento de mí llegada al lugar que cambiaria mi vida para siempre, sea tan vago. Ni siquiera sé si ocurrió como lo estoy relatando, puede que lo soñara»*...

FIN